鞑靼人沙漠

〔意〕迪诺·布扎蒂 著　孙雨濛 译

民主与建设出版社

·北京·

九月的一个清晨，

乔瓦尼·德罗戈即将开始真正意义上的生活了。

第
一
章

　　九月的一个清晨，乔瓦尼·德罗戈要启程前往巴斯蒂亚尼城堡了，这是他正式晋升为一名军官后的首个服役点。天还没亮他就被闹钟吵醒，准备第一次换上中尉制服。换好后，他在昏暗的油灯下照了照镜子，可是并没有照出自己原本所期望看到的飞扬神采。家中一片寂静，只有隔壁传来一丝细微的声响，是妈妈正在起床，她要为他送行。

　　这一天，德罗戈已经期待了许多年，他即将开始真正意义上的生活了。听到外面街道上有人来来往往，他们似乎自由又快乐，德罗戈不由得回忆起过去在军校里的悲惨生活，他想起了那些需要学习的苦闷夜晚，想起了冬天在冷得彻骨的大间宿舍里夜不能寐的时日。在那里，他总是担心自己有一天会受罚。他记得自己是一天一天靠数着日子来度过的，那时候，痛苦仿佛永无终结。

如今终于正式成为一名军官了。他无须再因苦读书本而备感折磨，也不必再为上级的高声命令而胆战心惊了，这一切终于成为过去时。所有那些日子，那些他痛恨的日子，已经永远地过去了，统统一去不复返了。是的，现在他成为一名军官了。他会拥有财富，曼妙女郎们的目光也会在他身上流连。但德罗戈又转念意识到，其实自己最好的时光，最青春的年华，可能也已经逝去了。

德罗戈就这样盯着镜中的自己，想努力展现出一张可爱的笑脸，但实际却只挤出了一个不太自然的微笑。真是不可思议啊：为什么自己无法以应有的轻松心态来笑着和妈妈告别呢？为什么自己甚至听不进去她最后的叮嘱，而只能听到她那无比熟悉又亲切的嗓音呢？为什么自己会忐忑不安地在房间里踱来踱去，怎么也找不到明明都在原位的手表、皮鞭和帽子呢？此行并不是要上前线打仗的啊！数十个像他一样的中尉，也是他的老同学们，同时在欢声笑语中离开故土，仿佛是要共赴一场聚会。但为什么他对妈妈的临别之言却只有一些乏味空洞的话语，而并非饱含深情又令她心安的话语呢？德罗戈是带着家人的希冀出生在这里的，如今，第一次离开老家的酸楚，每次生活变动引发的忧虑，以及与妈妈告别时的难平心绪，这些情感都充斥着他的内心，使他感到不安。但抛开一切不谈，他还有一个想法一直挥之不去，萦绕于心，但他却说不清道不明，像是一种模糊的宿命感，几乎让他觉得自己此行可能有去无回了。

第一段路程有他的朋友弗朗切斯科·韦斯科维骑马陪伴。一路上冷清无人，只能听到马蹄踏过的声音。天空开始逐渐放亮，但城市还在沉睡着，远近的高层楼房上有几扇百叶窗打开了，露出了几张满是倦意的脸庞，他们目光呆滞地眺望着壮丽的日出。

这一对朋友一言不发地行进着。德罗戈想象着巴斯蒂亚尼城堡可能会是什么样子，但想不出来。他甚至不知道它到底在哪里，也不知道要走多远。有人告诉他骑马过去需要一整天，也有人说用不了一天，但其实他问过的人中没有一个人真正到过那里。走到了城市边缘，韦斯科维兴致勃勃地开始聊起了一些老生常谈的事情，就像德罗戈只是要出去散散步一样。随后，他突然问起来："你看到那座绿油油的山了吗？对，就是那座。你看到山头上那幢建筑了吗？"他继续说道，"那已经是城堡的一部分了，它是一座前线棱堡①。我记得两年前我和我叔叔打猎时经过了那里。"

此时，他们两人已经走出了城。城外蔓延着大片的玉米地、草地和秋日里的红树林。路面在阳光的照耀下泛着白光，两人就这样在这条白色大道上并肩而行。他们是多年的好友，有着共同的爱好和共同的朋友。他们每天都会见面，后来，韦斯科维发福了，而德罗戈成了一名军官，他如今觉得自己已经和这位朋友产生了距离感。而且整个闲适又精致的生活也将离他远去，等待着他的，会是一些严肃而未知的事物。在他看来，就连自己的马和韦斯科维的马也已显现出了不同的步态。他的马，脚步不再那么轻盈活泼了，像是走进了充满焦虑和疲惫的深渊谷底之中，似乎连这匹牲口都觉察到了生活正在发生变化。

他们走到了一座山坡上，德罗戈回头看了看处在逆光之中的城市。清晨的炊烟正从屋顶上袅袅升起。他看到了远处的家，认出了自己房间的那扇窗户。窗户好像是开着的，有几个女人在里面打扫，她们很可能会把他那张单人床拆掉，把杂物锁进柜子里，然后把百叶窗关紧。毕竟接

① 棱堡是构筑在要塞围墙拐角等处并与围墙衔接的永备工事，是古代城堡的一部分。本书中乔瓦尼·德罗戈服役的城堡与此处及多处提到的棱堡不是同一建筑物。（校注）

4

下来的数月里，除了无孔不入的灰尘和晴天时会透进来的微弱阳光，不会再有任何人进入这个房间了。他年少时代的那个小世界，就这样落入了一片黑暗之中。但他的妈妈会留好这个房间的，为的是当他回来后还能住进来，这样即使在长时间离家后，他依然可以归来继续做一个孩子。哦，他的妈妈一定在幻想着可以把所有的幸福永存在这里，也可以抵挡时间流逝的脚步，这样当他回家后重新推开门窗的那一刻，依然能够感受到一切如旧。

好友韦斯科维就在这里亲切地同他告了别，德罗戈便独自沿着道路继续前进，来到了山脚下。当他到达通往城堡的山谷入口时，正值旭日当空之际。右边的山头上就可以看到韦斯科维之前指给他看的那座棱堡。似乎没有很长的路要走了。德罗戈急于抵达目的地，所以并没有停下来吃东西，赶着早已疲惫不堪的马沿着险峻山脊间愈发陡峭的小路向上走去。路上遇到的行人越来越少。德罗戈向一个车夫询问到达城堡还需要多久。

"城堡？"车夫反问道，"哪座城堡？"

"巴斯蒂亚尼城堡。"德罗戈回答说。

"这一带根本没有什么城堡。"车夫说，"我从来没有听说过。"

很显然，这个车夫消息并不灵通。德罗戈便继续赶路，随着下午时间的流逝，一丝微妙的不安感慢慢涌上心头。他仔细巡视着山谷四面的高地，想找找城堡的位置。他想象着那应该是一座有着陡立城墙的古堡。可走了这么远，他愈发地相信韦斯科维提供的信息是错的，他指给自己看的那座棱堡明明早就应该在身后了。而此时，傍晚将至。

快看啊，在越来越雄伟、越来越荒无人烟的山上，德罗戈和他的马显得是多么渺小。他继续向山上赶路，想在天黑前抵达城堡，尽管他已经走得很快了，可夜晚的阴影还是从山溪轰鸣而过的谷底升了起来，而且行进的速度更快。某一瞬阴影刚好到达了德罗戈正对面的位置，它像是要放慢了比拼速度，不想让他泄气一样。可紧接着，阴影就又从山坡和岩壁上滑了下来，把这位骑士完全覆盖住了。此时，整座山谷都笼罩在了浓重的阴影当中，唯独裸露的山脊最高处还映着夕阳的余晖。突然，德罗戈面前出现了一座看起来十分古老而荒芜的军事建筑，在傍晚澄澈的天空下，这建筑显得无比幽暗又宏伟。

德罗戈感觉到自己的心在怦怦跳，这应该就是城堡了，但这里的一切，无论是城墙还是周边的风景，都流露出一丝荒凉而险恶的气息。他绕着城堡转了一圈，并没有找到入口。尽管天色已经很昏暗了，可这里却没有一扇窗户在亮着。墙垛上的哨岗里也没有透出任何灯光。只有一只蝙蝠朝着空中的白云飞来飞去。

最终，德罗戈尝试着喊了一句："喂！"他高声喊着，"这里有人吗？"

这时，从墙角浓重的黑影中闪出了一个人，像是一位贫穷的流浪汉，他胡须灰白，手里提着一个小袋子。半明半暗之间难以看清他的脸，只能看到他眼白的部分泛着光亮。德罗戈感激地望着他。

"先生，你在找谁？"对方问道。

"我在找一座城堡。就是这座吗？"

"这里没有什么城堡了，"这位来路不明的人和善地说道，"它早就荒废了，可能有十年都没有人来过这里了。"

"那么城堡到底在哪里啊？"德罗戈突然对这个人发起火来，大声地追问道。

"什么城堡？或许是那座吗？"这位陌生人一边说着，一边伸出手臂指着什么。

附近的山崖早已被黑暗笼罩，但在错落的山脉后面不知多远的地方，依然有山头沐浴在火红的霞光中，如同变戏法一般，德罗戈看到了一座光秃秃的山丘，山丘的边际线上显现出一个规则的暗黄色方形轮廓：那正是一座城堡的轮廓。

哦，还有那么远的路。谁知道还要走几个小时呢，可他的马早已筋疲力尽。德罗戈着迷地盯着那座城堡，心里盘算着，在那座与世隔绝、几乎遥不可及的荒凉城堡里，会有什么是值得期待的呢？其中又会隐藏着什么秘密呢？可是这一天行将结束，最后一缕夕阳正从远处的山头缓缓落下，随之而来的夜晚开始刮起狂风，像是要冲破那苍黄的城墙。

第二章

夜晚来临之际，德罗戈依然在赶路。山谷变得更加逼仄，城堡也消失在了背后的山头之中。四周没有任何光亮，甚至没有野鸟的晚鸣声，只能偶尔听到从远处传来的流水声。

他尝试着喊了几句，但传过来的回声听起来非常诡异。他把马拴在路边的一个树桩上，让它可以找一些草来吃。他坐了下来，背靠着山坡，准备睡上一觉。与此同时，他也在想着余下的路途，想着他在城堡里会遇到什么人，想着未来的生活将是什么样子，可却没有想到任何能让自己感到快乐的事。他的马每隔一段时间就用蹄子踢踏着地面，听起来很不耐烦，也很反常。

黎明时分，当他继续赶路的时候，注意到了在山谷对面同样高度的位置上，还有另外一条路。片刻之后，他发现那边似乎有什么在移动。但阳光还没有照到那里，整片谷地依然被阴影覆盖着，让人难以分辨出在移动的到底是什么。不过无论如何，德罗戈还是加快了行进的脚步，努力与其并驾齐驱，这时他终于看清了，那是一个人——一位骑着马的军官。终于遇到了一个和自己一样的人，一位友善的家伙，可以同自己一起开怀大笑，一起调侃打趣，一起畅聊未来的生活，还可以谈论打猎，谈论女人，谈论城里的事。不过对德罗戈来说，城里似乎已经是另外一个遥远的世界了。

　　山谷变得越来越窄，两条路之间的距离也越来越近，德罗戈认出对方是一名上尉。他想到自己贸然喊叫并无益处，还显得有失尊敬。于是，他把右手举到帽旁，打了几次招呼，但对方没有作出回应。很明显，他并没有注意到德罗戈。

　　"上尉先生！"德罗戈最终忍不住了，喊了一声，然后又向他打了一次招呼。

　　"怎么了？"对面传来了声音。这位上尉停了下来，得体地回礼，并询问德罗戈叫住他的原因。他询问的口气并不严厉，但可以感觉到，他对此有些惊讶。

"有什么事吗？"上尉又一次询问，但这次略显怒意。

德罗戈停下了脚步，挥着手大声回答道："没什么！我只是向您问好！"

这样的回复很愚蠢，甚至有些冒犯，因为这听起来像是在调侃。德罗戈随即就后悔了。因为无法忍受孤单，他让自己陷入了这样一个尴尬的处境。

"您是谁？"上尉喊着问道。

这个问题让德罗戈感到害怕。这场在山谷两侧进行的奇怪对话，颇有一丝调查审讯的意味。不过即使这场对话的开端令人感到些许不快，但这位上尉很有可能就是那座城堡里的人。所以无论如何，必须要回答他。

"中尉德罗戈！"他回喊着介绍自己。

上尉不认识他，而且距离这么远，也很可能没听清他的名字，但上尉没有再讲话，只是做了一个听明白了的手势，然后继续赶路，好像在说他们很快就可以会合了。确实，大约半小时后，在山谷的一个狭窄处，出现了一座桥。两条路在此合二为一。

两人在桥上会合了。上尉依然骑在马上，走近后向德罗戈伸出了手。他看起来四十多岁，也许更大一些，有着一张瘦削干净的脸，很有绅士派头。他的制服很粗糙，但非常整洁。"上尉奥尔蒂斯。"他自我介绍道。

德罗戈握着他的手,觉得自己终于进入了城堡的世界。这是自己与城堡的第一个联结,之后还会有无数个各种各样的联结可以让自己完全属于那个世界。

上尉又继续赶路了,德罗戈跟在他的身后,但出于尊重,他拉开了一些距离,想着上尉可能会提起他们刚才的尴尬对话。但恰恰相反,上尉一言未发,也许是他不想说话,也许是他生性腼腆,不知从何说起。山路陡峭,阳光也很强烈,两匹马都走得很慢。

后来,奥尔蒂斯上尉开了口:"刚才距离太远,我没听清您的姓名。好像是,德罗索?"

"德罗戈,最后一个字是'戈',乔瓦尼·德罗戈。上尉先生,如果我刚才叫您的声音过大,还请您见谅。好吗?"德罗戈又羞愧地补充说道,"因为我在山谷对面看不清您的军衔。"

"的确看不清。"奥尔蒂斯没有否认,随后笑了笑。

他们二人就这样骑马前进着,气氛有些尴尬。过了一会儿,奥尔蒂斯开口问道:"这样走下去,您是要去哪里呢?"

"到巴斯蒂亚尼城堡,不是这条路吗?"

"没错,确实是这条路。"

然后他们又陷入了沉默，天气越来越热，四周都是大山，山上长满了野草，荒无人烟。

奥尔蒂斯再次打破沉默："您此行到城堡去，是要去送什么消息吗？"

"不，长官，我是要去服役的，我被分配到那里了。"

"是被组织分配过去的吗？"

"我想是的，是组织分配的，这是我的第一次任命。"

"组织分配的，当然……这很好……如果是这样的话，我向您表示祝贺。"

"谢谢您，上尉先生。"

他们一言不发地又走了一会儿。德罗戈感到非常口渴，他看到上尉的马鞍上挂着一个木制水壶，听到了里面的水在咣当咣当地晃动着。

奥尔蒂斯问道："两年吗？"

"对不起，上尉先生，什么两年？"

"两年，我的意思是，您会去那里服役两年，对吗？"

"两年？我不知道，还没有人通知我服役期限。"

"哦，通常都是两年，你们这些新任命的中尉，服役期一般都是两年，然后调任。"

"按照规定，所有人都是两年吗？"

"都是两年，所有人都知道，在这里服役两年相当于四年军龄，这对你们来说很重要，否则没人会申请。为了快速晋升，即使是在城堡服役，也可以接受，不是吗？"

德罗戈对这些一无所知，但他不想露怯，便含混地回了一句："当然，有很多人……"

奥尔蒂斯没有再聊下去，看来他对这个话题并不感兴趣。既然现在已经打破了僵局，德罗戈便继续问道："对城堡里所有人来说，军龄都是双倍计算的吗？"

"所有人？您指哪些人？"

"我是说，对于所有军官都是这样吗？"

奥尔蒂斯冷笑了一下，回答说："是的，所有！但毫无疑问，是只针对下级军官的，不然谁还会申请去那里服役？"

德罗戈说："我没有申请。"

"您没申请？"

"是的长官，我只知道，两天前，自己被分配到了城堡服役。"

"这样呀，真的好奇怪。"

他们再次陷入了沉默，似乎各怀心事。但奥尔蒂斯继而又说道："除非……"

德罗戈恍然大悟："除非是上级的命令吗，上尉先生？"

"我想说，除非是因为没有任何人主动申请，于是就把您分配过去了。"

"很可能是这样，上尉先生。"

"是的，一定是这样。"

德罗戈低头看到两匹马的影子映在了满是尘土的路面上，它们每走一步，头就会晃动一下。他听到马儿四蹄踢地的声音，也听到几只苍蝇的嗡嗡声，除此之外，再无任何声响。长路漫漫，一眼望不到尽头。只是偶尔在山谷的转弯处，可以看到前方高大陡峭的崖壁上，有一条呈"之"字形蜿蜒而上的小路。

当他们走过去的时候，面前出现的还是那条路，而且越来越陡。于是德罗戈问道："不好意思，上尉先生……"

"您讲，请讲吧。"

"还有很远的路要走吗？"

"不远了，按照这个速度，再过两个半小时，或者三个小时，中午的时候我们肯定就能到了。"

他们又沉默了一会儿，两匹马都汗流浃背，上尉的马更显疲惫，在拖着腿向前移动。

奥尔蒂斯问道："您毕业于皇家学院，对吗？"

"是的长官，是皇家学院。"

"这样，那马格努斯上校还在那里任教吗？"

"马格努斯上校？可能不在了，我不认识他。"

此时，山谷变得更加狭窄了，挡住了照进来的阳光。行走在幽暗的峡谷中，偶尔路过山口，就能感受到冷风呼呼地吹过来。向上望去，可以看到呈锥形的陡峭山峰，山势无比雄伟，是所谓走两三天都难抵山顶的高度。

奥尔蒂斯又说道："中尉先生，请问博斯科少校还在任教吗？他还在教射击吗？"

"我记得不是了，上尉先生。现在教射击的是齐默尔曼，齐默尔曼少校。"

"哦，齐默尔曼，我确实听说过他。从当年我在的时候到现在，已经过去很多年了……一切肯定都大变样了。"

两人都若有所思。这时，阳光重新照在了路面上，一座座山峰连绵不断，山体愈发陡峭，几座悬崖错落其中。

德罗戈又说道："昨晚我在远处看到了它。"

"看到了什么，城堡吗？"

"是的，城堡。"他停顿了一下，然后为了显示礼貌，又补充说："城堡看起来很雄伟，对吧？我觉得它非常壮观。"

"城堡很雄伟？不，不，它是最小的城堡之一，而且非常老旧了，从远处看，甚至有一些古怪。"

上尉稍作停顿，又补充说道："是真的非常老旧，可以说是完全过时了。"

"但它是最重要的城堡之一，不是吗？"

"不，不，只是一座二等城堡罢了。"奥尔蒂斯回答道。似乎他很想说这座城堡的坏话，但语气却又很特别，就像一个人想要指出自己儿子的缺点，但又相信在其众多优点面前，这些缺点依然瑕不掩瑜。

"那是一片死亡边境。"奥尔蒂斯补充道，"所以一直没什么变化，还保持着一个世纪以前的样子。"

"什么，死亡边境？"

"就是根本无人问津的边境地区。它的前面就是一大片沙漠。"

"一片沙漠？"

"是的，一片沙漠，满是石砾和烟尘，被称为'鞑靼人沙漠'。"

德罗戈问道："为什么叫作'鞑靼人沙漠'？那里有鞑靼人吗？"

"我想古时候是有的，但这其实更像是一个传说。毕竟没有人能够穿越这片沙漠，即使在过去打仗的时候也没有。"

"这么说来，那座城堡一直都毫无用处？"

"确实毫无用处。"上尉回复道。

他们沿着山路越走越高，已经看不到树木了，只有一些稀稀拉拉的灌木丛，以及干枯的草地、碎石和滑坡掉下

17

来的红土块。

"不好意思，上尉先生，城堡附近有村庄吗？"

"哦，附近没有。有一个叫圣罗科的村庄，但也在三十公里开外了。"

"那我想，应该是没什么可以消遣的了。"

"是没有什么可以消遣的，确实没有。"

此时，空气变得更加凉爽，山坡也逐渐变缓，他们已然到达最后一片山脊的最高峰了。

"那您在那里不会觉得无聊吗，上尉先生？"德罗戈笑着问道，语气显得很亲切，像是在说无论如何，他都不会介意。

"一个人会慢慢习惯的。"奥尔蒂斯回答道，然后又暗含责备地补充说，"我可是在那里待了将近十八年。不对，是整整十八年。"

"十八年？"德罗戈吃惊地问道。

"是十八年。"上尉回答道。

这时一群乌鸦从两人身边飞过，然后又俯冲到山谷低处。

"有乌鸦。"上尉说道。

德罗戈没有回应，他在想着自己未来的生活，他觉得自己与那个世界、那种孤独，以及那片大山格格不入。

他随即问道："在首批去那里就任的军官当中，有人留下来吗？"

"目前很少了。"奥尔蒂斯回答说，他有些后悔自己之前在说城堡的坏话了，因为他意识到对方把问题扩大了。"几乎没有人留下。现在每个人都想到条件好的驻地去。过去在巴斯蒂亚尼城堡服役是一种荣誉，现在看来更像是惩罚。"

德罗戈没有开口。上尉继续说道："但这毕竟是位于边境的驻地。一般来说，去驻守的都是佼佼者，边境地区终归是战略要地。"

德罗戈陷入沉默，他感受到了一种突如其来的压力。地平线变得更加开阔，远处显现出山脉的奇异轮廓，锐利的山峰直直地伸向天空。

"现在，即使在军队里，大家的观念也发生了变化。"奥尔蒂斯继续说道，"过去，他们把巴斯蒂亚尼城堡看作是一个巨大的荣誉。现在他们都说那里是死亡边境，可是他们没想过，边境永远都是边境，他们从来都不理解……"

一条小溪从路中间穿过。他们停了下来，好让两匹马喝点儿水，他们两人也从马鞍上下来，在地面上走一走，舒展一下筋骨。奥尔蒂斯问道："您知道在那里，真正最高级的东西是什么吗？"说完他便高兴地笑了起来。

"是什么，上尉先生？"

"是餐食，您到了城堡就会看到那里的饭菜有多么丰盛。这是因为常常有人过去视察。一般每半个月就会有一位将军过去。"

德罗戈迎合地笑着。他无法判断奥尔蒂斯是有些愚笨，还是在掩饰着什么，或者只是随口说说而已，没什么别的意思。

"太好了。"德罗戈说道，"我都已经饿了！"

"哦，用不了多久了。您看到那个上面有碎石凸出来的山峰了吗？就是那里，城堡就在它后面。"

他们继续赶路，就在那个有碎石凸出来的山峰后面，这两位军官走到了一个有轻微坡度的平地上，此时，城堡出现在了他们面前，只有几百米的距离了。与前一天傍晚看到的那座相比，这座城堡看起来确实很小。位于中心的堡垒实际只像是一个开出了几扇小窗的军营，从中延伸出来两道低矮的垛墙，将其与两边各一个的堡垒共同连接了起来。这样一来，城墙便基本可以挡住整个宽约五百米的谷口了，两侧则是高耸陡峭的山崖。

右侧，就在山崖下，谷地下凹形成了一片鞍部地形，一条古道从中穿过，止于城墙脚下。

城堡一片寂静，在正午的烈日之下静谧无声，没有投下任何阴影。城墙看起来光秃秃的，颜色苍黄，看不到它的正面，因为那面正好朝北。烟囱里正冒着淡淡的烟。沿着中心堡垒、城墙和侧方堡垒的边缘一路看过去，可以看到几十个哨兵，肩上扛着步枪，正在有序地来回巡逻，每个人各负责巡逻一小段路。他们就像是在做钟摆式运动，有节奏地给时间的流逝打着节拍，同时又没有打破孤独的巨大力量。

左右两侧的大山一路绵延，一眼望不到尽头，形成了大片遥不可及的险峻山脉，在此时呈现着枯黄的颜色。

德罗戈下意识地让马停下，他慢慢地转过目光，盯着阴暗的城墙，无法理解其中含义。他联想到了监狱，也联想到了废弃的宫殿。这时，一阵微风把堡垒上方的一面旗子吹得飘了起来，这面旗子之前一直软塌塌地垂着，与旗杆融为了一体。一阵号角的回声隐隐约约地传来。哨兵们在慢慢地走动着。大门前的广场上，有三四个人正在把一批麻袋装到车上，但因为距离太远，看不清楚他们是不是士兵。不过，这里的一切都沉浸在一种神秘又闲散的氛围当中。

就连奥尔蒂斯上尉都停了下来，观望着这座建筑。

"就是那里。"他说道，尽管这句话意义不大。

德罗戈心里想，现在你该问问我对这里的看法了。他感到很恼火，但上尉一言未发。

巴斯蒂亚尼城堡既不雄伟，也不美观，它的城墙又低又矮，塔楼和堡垒也谈不上有任何美感。完全没有什么风景能够掩饰它的荒凉，也无法让人联想到生活的幸福感。但就像前一天晚上在山谷中一样，德罗戈着迷地凝视着这座城堡，一种不可名状的激动情绪涌上心头。这背后还会有些什么东西呢？在这座荒凉的建筑以外，在城垛、兵营、火药库以外，在遮挡住视线的所有事物以外，还会有怎样的一个世界呢？北方那片满是沙石、从未有人穿越的王国又会是什么样子呢？德罗戈依稀记得，在地图上，有一片广袤区域被划在了边境以外，几乎没有什么地点名称的标记，但从堡垒的顶部望过去，应该至少能看到一些村庄、草地、房屋，或者无人区荒地吧？

他突然感到非常孤独。过去他一直具备身为一名士兵的胆量，这都源于他平静的驻军生活、舒适的家、常伴左右的贴心朋友，还有夜游花园时的一些小冒险活动，而现在，他内心所有的安全感都消失了。在他看来，城堡是一个他从未认为自己会有归属感的未知世界，这并不是因为他讨厌这里，而是因为这与他平常的生活相差甚远。这是一个需要更多付出和更多责任的世界，除了刻板的军规之外，没有任何其他的亮点可言。

哦，想要回家了。不想跨过城堡的门槛，想要下山回到自己的城市，回到熟悉的生活中去，这是德罗戈心里冒出来的第一个想法。这样的怯懦反应对于一名士兵来说或许是可耻的，不过无关紧要，如果需要的话，他甚至准备直接承认这一点，只要他们可以马上放他走。这时，一团绵厚的白云从北方模糊的地平线上升了起来，升到了城垛之上，烈日之下也并未消散。哨兵们像上了发条一样地来回巡逻着。德罗戈的马停下脚步，发出了一声嘶鸣。之后，一切又陷入了无尽的寂静当中。

德罗戈终于把自己的目光从城堡移开了，他看了看身边的上尉，希望能听到几句安慰的话。但奥尔蒂斯却一动不动，紧紧盯着那黄色的城墙。是的，在那里生活了十八年的他正沉思着，几乎是着了迷的状态，像是又见到了什么奇观。他似乎是看不够这座城堡，脸上还慢慢浮现出了一丝悲喜交加的微笑。

第
三
章

　　德罗戈刚到，就要向马蒂少校报到，他是城堡最高长官的第一助手。值班的中尉是一个随和友好的年轻人，名叫卡洛·莫雷尔，他陪德罗戈穿过了城堡的中心区域去见少校。从入口处的门厅向内看，可以看到一个荒废的大庭院，两人穿过门厅走在一条宽敞却看不见尽头的走廊上，走廊的天花板在半明半暗的环境中模糊不清，偶尔会有一小缕光线从小巧的窗户中照进来。

　　直到走到楼上，他们才遇到了一位手里拿着一摞文件的士兵。光秃秃的墙壁潮湿不堪，四周一片寂静，光线也十分昏暗。似乎这里的每个人都忘记了世界上的其他地方还有鲜花、欢笑着的女人以及快乐温馨的家。城堡里的一切都是通过放弃外面的世界得来的，但这是为了谁呢，是为了什么不为人知的利益呢？这时，他们走到了三楼，来到了一条与一楼一模一样的走廊上。远远地可以听到一阵从墙外传来的笑声，德罗戈甚至觉得这不太真实。

马蒂少校身材微胖，笑得异常和善，甚至有点儿虚伪。他的办公室很大，办公桌也很大，上面整齐地摆放着文件。墙上还有一幅国王的彩色画像，他的少校军刀挂在了一个专用的木桩上。

德罗戈立正站好，进行了自我介绍，并出示了证件，然后解释说他并没有主动申请到城堡来。言外之意就是，如果可能的话，他希望被调走，但马蒂打断了他。

"中尉先生，我多年前就认识您的父亲，他堪称是一位绅士楷模。您一定想要做出一番成绩来致敬他吧。如果我没记错的话，他是一位高级法院的院长？"

"不是的，少校先生。"德罗戈回答说，"他是一名医生。"

"噢，没错，他是医生，真是的，是我搞错了，是医生，没错，没错。"马蒂流露出片刻的尴尬。德罗戈注意到对方时常把左手伸到衣领处，极力遮住一块圆形的油污，那明显是刚刚弄上去的，就在他制服前胸的位置。

少校很快就恢复了自信。"您能来我很高兴，"他说道，"您知道彼得三世陛下是怎么说的吗？他说'巴斯蒂亚尼城堡是在守卫我的王冠'。我还想再加上一句：成为城堡的一员是莫大的荣誉。中尉先生，我说得不对吗？"

他机械地说着这些话，就像是多年来学到的一套公式一样，在一些特定的场合下就需要说出来。

"没错，少校先生。"德罗戈说，"您说得很对，但我承认，这对我来说确实很意外，因为我的家在城里，如果可能的话，我更愿意留在……"

"啊，您因此就想要离开。您才刚到就想离开，我可以这么说吗？我真的感到很遗憾，确实很遗憾。"

"这并非我所愿。我不是在为自己辩解……我的意思是说……"

"我明白了。"少校叹了一口气，就好像这是一个重演过多次的场景，他知道如何来安慰他。"我明白，这里和您想象中的城堡大相径庭，您觉得有些可怕。但请您老实地告诉我，如果您只在这里待了几分钟，怎么能做出正确的判断呢？"

德罗戈说："少校先生，我真的没有嫌弃城堡的意思……我只是更愿意待在城里，或者至少是城郊。您看，我对您是直言不讳的，我觉得您是个明事理的人，所以我希望您能宽待……"

"当然，当然！"马蒂浅笑了一下感叹道，"我们在这里就是为了这个！我们不希望任何有异心的人在这里，即使是最低级别的哨兵也不行。我只是感到很可惜，您是个很不错的年轻人……"

少校沉默了一会儿，似乎在思考最好的解决办法。这时，德罗戈把头稍稍转向左边，看向了那扇面向内庭开着的窗户。他看到对面的墙和其他几面被太阳晒得发黄的墙一样，上面只开出了几扇黑色矩形小窗。墙上挂着一块钟表，指针正指向两点整。顶层平台上，一名哨兵肩上扛着步枪在来回巡逻。

在城堡上沿较远的位置上，有一座山峰在烈日的反光下显得非常突出。即使只能看见它的峰顶，而且它本身也并无特别之处，但对于德罗戈来说，这悬崖一角却是北方那片土地，那个紧邻城堡的传奇国度的第一个可见的象征。除此之外，那边还会有什么呢？

一道昏暗的光穿过迷蒙的烟雾，从那个方向照了过来，这时少校又开口了：

"告诉我，您是想立刻回去，还是再等几个月？当然了，我再说一遍，从官方角度出发，这其实对我们来说是没什么差别的……"他如此补充说道，好让整句话听起来没有那么失礼。

"我马上就要回去，"德罗戈对回去如此容易感到非常惊喜，"我马上就要回去，如果能立刻走就更好了。"

"好的，好的。"少校安慰他说，"现在我来跟您解释一下，如果您想马上离开，那么最好的办法就是请病假。您去医务室观察几天，医生会给您开证明。有很多人在这个海拔上都难以坚持……"

"真的必须请病假吗？"德罗戈问道，他并不喜欢造假。

"不是必需的，但却是最简单的。如果不请病假的话，您就必须得撰写书面调任申请，并寄给最高司令部来获得批准，得到最高司令部的答复至少需要两个星期。最重要的是，负责的上校必须得处理这个问题，这是我更希望可以避免的事情。因为这会让他感到不悦，他会很伤心，就是这个词，'伤心'，就像他的城堡犯了错一样。所以，说实话，如果我是您的话，我会避免……"

"可是对不起，少校先生。"德罗戈说，"我之前对此并不了解。如果离开会对我有不好的影响的话，那就另当别论了。"

"不会的，中尉先生，您没有理解我说的话。这两种情况下，您的前途都不会受到影响。这只是，怎么说呢，有点细微的差别……当然了，我必须提前告诉您，这可能会令上校感到不悦。但如果您真的下定决心……"

"不，不，"德罗戈说，"如果真的如您所说，那可能最好还是找医生开证明吧。"

"除非……"马蒂委婉地笑着，把后半句话咽了回去。

"除非什么？"

"除非您能适应先在这里待上四个月，这会是最好的解决方案。"

"四个月？"德罗戈问道。在得知能够立即离开后，这样的说法让他感到非常失望。

"就是四个月。"马蒂肯定地说道，"走这个程序要合规得多。我来跟您解释一下，每个人每年按规定都要进行两次体检，下一次是在四个月后。对您来说，这或许是最好的机会。如果您愿意的话，体检结果可以是不合格的，这一点我向您保证。您绝对可以放心。"

"除此以外，"少校停顿了一下继续说道，"除此以外，毕竟有四个月的时间，足够您用来打一份个人报告了。放心，上校先生肯定会批准的。您知道这对您的职业生涯意味着什么吧。不过我们要事先讲清楚，这只是我个人的建议，您拥有绝对的自由……"

"是的长官。"德罗戈说，"我完全理解。"

"在这里服役并不辛苦，"少校强调道，"基本是站岗巡逻的工作。新棱堡那边要略微辛苦一些，刚开始肯定不会派您去。所以不会很劳累的，不必担心，也不会有什么令人烦恼的事情的……"

但德罗戈几乎没有在听马蒂的解释，他莫名其妙地被窗框所吸引，那伸出城墙之上的悬崖一角恰好就在窗外。一种他难以言喻的感觉涌进了心底，也许是一种愚蠢又荒唐的心情，也许是一个不祥的暗示。

与此同时，他心里平静了许多。虽然仍想离开，但不像之前那么焦虑了。他甚至为自己刚抵达城堡就那么焦虑而感到羞耻。也许是自己还没有达到其他人的高度？他在想，如果立即离开，就等于承认了自己的软弱。由此，自尊心便开始和对过去熟悉生活的渴望进行起斗争。"少校先生，"德罗戈说，"感谢您的建议，但容我考虑一下，明天给您答复。"

"太好了。"马蒂回答道，他显然很满意，"那今晚怎么安排？您想去食堂见见上校先生吗，还是之后再说？"

"这……"德罗戈回答说，"我觉得我也没必要躲起来，况且我可能还要待四个月。"

"这样就更好了，"少校说，"这样上校先生一定会备感欣慰。他会看到您是多么讨人喜欢，这里所有的军官都是一等一地好。"

马蒂笑了，德罗戈意识到自己该离开了。但走之前他又问了一句："少校先生，"他用一种平静的口气问道，"我可以去北边看一看吗，看看城墙外面有什么？"

"城墙外面？我不知道您还对风景感兴趣。"少校回答。

"只是看一眼，少校先生，我不过是出于好奇。听说那边有片沙漠，但我还没有见过。"

"没什么好看的，中尉先生。只是一片无聊的风景，一点儿也不好看。听我的，算了吧！"

"那就算了，少校先生。"德罗戈说，"我原以为这不是什么难事。"

马蒂少校把他肥胖的双手合在了一起，像是在做祈祷的动作。

"您向我提出的这些要求中，"他说，"唯独这一件事我不能答应您。因为只有哨兵队才能到城墙上和哨所里去，而且还必须得知道暗号。"

"没有特殊通道吗，连军官也不能去到那边吗？"

"任何一名军官都不能。哦，我明白，对于你们这些城里人来说，这些小事听起来似乎很荒唐。在城里，这并非什么秘密，但在这里就是另外一回事了。"

"少校先生，不好意思，但如果我坚持要……"

"请讲，中尉先生。"

"我的意思是，难道连一个让人从里面看一看的射击孔或者一扇小窗都没有吗？"

"只有一个地方可以看到，是在上校先生的办公室里。但还从未有人出于好奇想要过去看看。不过我再说一遍，那边根本不值一看。哦，如果您决定留下来的话，您一定会厌烦那种景色的。"

"谢谢您，少校先生，还有什么命令吗？"他立正敬礼。

马蒂友好地挥了挥手："再见，中尉先生，别再想了，那边的风景不值一看，我向您保证，那边就是一片最令人厌烦的风景。"

然而就在当天傍晚，哨兵队的莫雷尔中尉下班后，偷偷把德罗戈带到了城墙上，想让他好好看一看。

走廊很长，只有几盏小灯在亮着，从这头到另一头两边都是墙壁，横跨整个谷口。偶尔会有一扇门、一个军火库、一间实验室或者哨兵队分布在侧。他们走了大约一百五十米，到达了第三堡垒的入口处。一名持枪哨兵正站在门口。莫雷尔请求与哨兵队负责人格罗塔中尉聊几句。就这样，即使并不合规，他们也被批准进入了。德罗戈发现自己走在一个狭小的通道里，墙壁上挂着一盏灯，下方摆着一张桌子，上面能看到值班士兵的名字。

"来，往这边走。"莫雷尔对德罗戈说，"我们最好快点儿。"

德罗戈跟着他走到一个位于堡垒前方防护坡上的狭窄梯子旁，那里透进来些许外面的自然光。当路过在那里值班的哨兵时，莫雷尔中尉向他示意了一下，似乎是在告诉他不必在意形式。

德罗戈很快就来到了外围的城垛前，此时城垛正沐浴在夕阳的余晖之中，山谷沉于脚下，北方秘境跃然眼前。

德罗戈怔怔地望着远方，脸色变得有些苍白。

附近的哨兵停止了巡逻，在黄昏时分的光晕之下，周围的环境一片寂静。德罗戈目不转睛地望着，同时问道："这后面是什么样子的？那些岩石后面有什么呢？一直到最远处都是这样的景色吗？"

"我从来没有见过。"莫雷尔回答，"必须得到新棱堡那边，就是那边那座，要站在堡垒顶端，才可以看到前面整片荒原。他们说……"说到这里，他突然沉默了。

"他们说……他们说了什么？"德罗戈问道，声音中流露出一种非同寻常的不安感。

"他们说那边都是石砾，形成了一片沙漠，遍地都是白色的石砾，他们说就像雪原一样。"

"都是石砾，仅此而已吗？"

"他们是这么说的，可能还有几片沼泽地。"

"那最远处呢？再向北能看到什么东西吗？"

"地平线那边经常有大雾。"莫雷尔说道，他已经失去了之前亲切热情的态度。"北方经常起雾，所以看不清楚。"

"大雾！"德罗戈难以相信，所以喊了出来，"不会一直都有雾吧，地平线那边总归有几天是晴朗的吧。"

"从来没有晴朗的时候，甚至在冬天也没有。但也有人说他们见到过。"

"他们说见到过？见到了什么？"

"其实是梦，是他们梦到过。你很难相信那些士兵。他们一个人说是这样，另一个人说是那样。有些人说他们看到了一座白塔，有人说那边有一座正在冒烟的火山，大雾就是从那里来的。奥尔蒂斯上尉也声称他见到过，到现在差不多有五年了。据他说，那边有一片长长的黑色地带，应该是森林。"

他们不再讲话了。德罗戈心里想，自己以前在哪里见过那个世界吗？他是梦中在那里生活过，还是在读某些古代神话故事时想象出来的？他觉得自己认出了那里，低矮残破的山岩、没有绿色植被的蜿蜒山谷、崎岖的悬崖，以及前方岩石也无法遮挡住的那片荒凉的三角形平原。他灵魂深处的印象再次被唤醒，但他却无法想明白这些。

德罗戈凝视着那个北方世界，那片无人居住的荒原，据说从未有人穿越过那里。敌人也从未来过，那里从未被征服，甚至从未发生过任何事。

"那么，"莫雷尔尽量用一种欢快的语气问道，"所以，你喜欢这里吗？"

"嗯……"德罗戈说不出别的话来。各种各样的想法在他的思绪中翻腾，甚至还有一些莫名的恐惧。

一阵号角声传来，声音很微弱，也不知道是从哪里传来的。

"现在最好回去吧。"莫雷尔建议道。但德罗戈似乎没有听到，他一心想要在混乱的思绪中探寻出什么。傍晚的光线越来越暗，阴影中刮起来的风吹过这座结构严密的城堡。哨兵为了取暖，又开始走来走去，时不时地会看一眼德罗戈这个陌生人。

"现在最好回去吧。"莫雷尔拉住他这位战友的胳膊，重复说道。

第四章

　　以前有很多次，德罗戈都是独自一人。有几次是在小时候，他在乡下迷了路，另外几次是在夜间的城里，在有犯罪分子活动的街区，再有就是前一天晚上，他睡在了赶路的途中。不过现在的情况完全不同了，旅途的兴奋已经退却，新战友们也已经入睡了，他坐在自己的房间里，坐在灯下，靠着床边，情绪悲伤又低落。现在他真正理解了什么是孤独（他的房间并不难看，全屋铺着木地板，还配有一张大床、一张桌子、一张欠佳的沙发和一个衣柜）。这里的每个人都对他很友善，在食堂时还专门开了一瓶酒来欢迎他，可现在却没有人来理会他了，他们已经把他忘得一干二净了（他的床头挂着一个木制十字架，另一边放着一本陈旧的宣传册，上面有一句长长的题词，只能依稀看到前几个字用拉丁语写着：最仁慈的弗兰奇希·安格洛西的善德）。整晚都不会有人来问候他，整座城堡里没有人会想起他，不仅仅是整座城堡，可能整个世界上也没有一个人会想起德罗戈。每个人都有自己要忙的事，每个人都只关注自己，甚至他的妈妈可能也是这样，她此刻可能也在想着其他的事情，毕竟他并不是她唯一的儿子，可能他的妈妈已经想他一整天了，而此刻该想一想其他的儿子了。理应如此，德罗戈并没有一丝怨言，但他却独自坐在床边，坐在城堡的这个房间里（他注意到木质墙面上刻着一把真实大小的军刀，还饶有耐心地被涂上了颜色，乍一看像真的一样，不知道这是哪位军官的杰作，也不知道是多少年以前的事情了）。德罗戈坐在床沿上，头微微前倾，背有些弯曲，眼神呆滞又迟缓，他前所未有地感受到了孤独。

德罗戈费力地站了起来，打开窗向外望去。窗户面向庭院，什么也看不到。随后他把视线转向了南方，试图在茫茫夜色中找到他在来城堡的路上时穿过的那条山脉，却根本找不到，因为那边地势更低，直接被对面的墙壁挡住了。

现在只有三扇窗户还亮着灯，但都在他所在的这一侧，所以难以看到里面的情况。另外两间和德罗戈这一间透出的光晕一同被放大，投映在了对面的墙上。其中一扇窗里，有一个人影在晃动，或许是一位军官正在脱衣服。

德罗戈关上窗户，脱掉衣服上了床，他躺在床上，盯着同样是木质的天花板又思考了几分钟。他忘记带过来一些睡前读物，但对于今晚来说无所谓，因为他已经觉得很疲惫了。他关掉了灯，黑暗之中，窗户的矩形轮廓渐渐显现了出来，德罗戈看到，窗外一片星光闪烁。

一阵突然的疲惫感把他拉进了梦乡，但他的大脑却依然非常清醒。各种混乱的场景像梦境一样在他眼前一帧帧闪过，甚至连成了一个故事。但过了一会儿，他意识到自己其实还清醒着。

甚至比以前更清醒了，因为这里无边的寂静让他感到痛苦。远处传来一阵咳嗽声，是真的有人在咳嗽吗？随后，近处传来一记沉闷的水声，"扑通"一声穿过了整面墙。一颗绿色的小星星（他静止不动时就可以看到）正在暗夜中漫游，它移动到了窗户的上沿，估计很快就会消失了，果然，它在黑色的窗框边闪烁了一会儿，然后真的就消失了。德罗戈伸出头，还想跟着它再看一会儿，但此时，他又一次听到了"扑通"一声，像是什么东西落入水中的声音，之后还会再响起吗？他埋头苦等这水声，也许是从地下室、沼泽或者无人的房舍中传来的声音。然而，几分钟过去了，一片死寂。这绝对的寂静似乎才是城堡里无可争议的统治者。未来生活里那些无意义的景象再次向德罗戈压了过来。

"扑通！"这令人厌烦的声音又来了。德罗戈坐了起来。看来这声音确实是会重复出现，而且最后几声并不比第一声弱，所以不可能是快要停止的滴水声。这让人怎么睡得着呢？德罗戈记得床边挂着一根绳子，或许是用来摇铃用的。他试着拉了一下，绳子随后收紧，一阵短促的叮当声从城堡远处某个偏僻幽深的地方传来，声音非常微弱，差点让人听不见。德罗戈心里想，真是太愚蠢了，竟然为了这点儿微不足道的小事就呼叫别人。来的人会是谁呢？

过了一会儿，从外面的走廊里传来一阵脚步声，声音越来越近，这时有人敲门了。"请进！"德罗戈回应道。来的是一位士兵，手里提着一盏灯："您有什么吩咐，中尉先生？"

"我的上帝，这里让人无法入睡！"德罗戈带着怒气，冷冷地说道，"这是什么讨人厌的声音？像是有水管在漏水，你看看能不能让它停下来，不然根本就睡不着，有时候在下面垫一块抹布就能搞定。"

"那是蓄水池发出来的声音，"士兵立即回答，似乎他对此习以为常，"是蓄水池的声音，中尉先生，没什么办法的。"

"蓄水池？"

"是的，中尉先生。"士兵说道，"这堵墙后面就有一个蓄水池。所有人都抱怨过，但毫无解决办法。您这里不是唯一能听到声音的地方。方扎索上尉也时常为此大嚷，但确实毫无办法。"

"这样啊，好吧，请回吧。"德罗戈回复道。门关好后，脚步声越来越远，一切又重回寂静，星星在窗口闪耀着。这时，德罗戈想到了离他数米之外的哨兵们，他们就像上了发条一样，一刻不停地来回巡逻。当自己躺在床上时，当一切事物都在沉睡时，还有这样几十个人不能休息。德罗戈心里想着，几十个这样的人呀，这是为了谁，为了什么？这座城堡在军事管理上的形式主义真是荒谬至极，堪称"杰作"。成百上千的人在守卫着一个压根没有人能够通过的谷口。德罗戈想，要离开这里，尽快离开这个地方，摆脱这里混乱的谜团，回到外面去。哦，家里现在怎么样了呢，妈妈这个时候肯定已经睡着了，灯也都关掉了，至少此刻并未想念他，不过也并非没有可能，自己很了解她，一丁点儿事情就会让她感到焦虑，夜里时辗转反侧难以入睡。

蓄水池又发出了声响，同时又有一颗星星从窗格上划过，散发出的光芒照耀着这个世界，照耀着城堡前的防护坡，以及哨兵们紧张的眼神，但没有照亮德罗戈，此刻他正准备入睡，还被一些邪恶的想法折磨着。

马蒂的那些精心安排会不会是在演戏呢？四个月后，他们也不允许他离开该怎么办？他们会不会以军规森严为由不让他再回到城里呢？他会不会年复一年地留在这里，在这个房间里，睡在这张孤独的床上，任由自己的青春一点点逝去呢？这些假设多么荒谬啊，德罗戈自言自语道，他明白自己这样想很愚蠢，但止不住这样想，没过一会儿，这些想法就又来找他，像是要让他免受夜晚的孤独一样。

他感觉到一个黑暗的阴谋正在把他拉回城堡。但可能与马蒂无关，不管是他，还是上校，抑或其他军官，都对他漠不关心，他的去留与他们并不相干。一股莫名的力量正阻止他回到城里，或许这力量就来自他的灵魂深处，而他自己却没有意识到这一点。

后来他看见了一个庭院，看见了一匹马走在白色的道路上，他觉得那匹马好像在呼唤他的名字。然后，他就进入了梦乡。

第
五
章

　　两天后的晚上，德罗戈将第一次登上第三堡垒开始值班。当天下午六点，七支哨兵队在庭院中列队：三支负责守卫中心堡垒，其他四支负责守卫侧方堡垒。另有第八支哨兵队负责守卫新棱堡。由于到那边要走很远的路，他们便先行出发了。

　　特隆克中士已经在城堡服役多年，他将带领二十七名士兵，外加一名号兵，一共二十九人前往第三堡垒，他们都来自德罗戈所在的第二连队，也就是奥尔蒂斯上尉负责的连队。此次由德罗戈领队，他拔出佩剑，整装待发。

　　七支哨兵队站成一排，按照惯例，上校会从窗口向外看去来检阅他们。在庭院的黄土之上，他们的队列形成了一片黑色，十分显眼。

天空中有微风吹过，夕阳映照在城墙上。这是九月的一个傍晚。副司令官尼科洛西中校从司令部的大门里走出来，他此前受过伤，所以挂着军刀，一瘸一拐的。当天负责巡查的是大块头的蒙蒂上尉，他沙哑的声音发出号令后，所有的士兵立刻一齐举起武器，发出响亮的金属声响。随后，现场一片寂静。

然后，七支哨兵队的号兵一个接一个地吹起了出发号。他们吹的是著名的巴斯蒂亚尼城堡银号，上面饰有红色和金色相间的流苏，还挂着一枚硕大的徽章。嘹亮的号音响彻天空，和静止不动的成排刺刀共振着，发出一种钟声般的声响。士兵们立正站好，像雕像一样纹丝不动，脸上显现出军人独有的肃穆神情。不，他们肯定不是为了去巡逻的，那只是一件枯燥乏味的工作，他们带着英雄般的神色是在期待着敌人的到来，目测一定是这样。

最后一声号音在天空中久久回荡，远处的城墙不断传来回响，余音不绝。深邃的天空下，刺刀闪闪发光，随后隐没在队列之中，逐渐黯淡。上校已从窗前离开。七支哨兵队迈开步伐，穿过迷宫般的城堡，分别走向各自的巡逻点。

一个小时后，德罗戈来到了第三堡垒的顶层平台上，这里正是他第一天晚上望向北方的那个位置。那天他只是出于好奇，像是一位路过的游客到这里看一看，而现在他成了这里的主人，未来的二十四小时内，整座堡垒和附近一百米长的城墙都要靠他一个人来守卫。在平台的下方，有四名炮兵负责在堡垒内部照看对准谷底的两门大炮，有三名哨兵分守在堡垒的外围，另外四名哨兵沿左侧城墙隔开，每人负责看守二十五米长的一段城墙。

特隆克中士对军中的规章制度非常熟稔，哨兵的上下岗交接都是在他的监督下严格进行的。他已经在城堡服役二十二年了，甚至休假期间都没有离开过。没有人能像他那样了解城堡的每一个角落。军官们经常会在晚上遇到他，他常在最黑暗的地方来回视察，并且不用任何照明。每当他值班的时候，哨兵们一刻也不敢放松，他们不敢放下步枪，不敢倚靠在墙上，甚至不敢停下脚步，因为只有在特殊情况下他们才被允许停下。特隆克整晚都不会睡觉，他会踩着无声的脚步在巡逻路线上徘徊，使得哨兵们时刻提心吊胆的。

"什么人？什么人在那边？"哨兵们扣紧步枪问道。

"山洞。"特隆克中士回答。

"格列高利教皇。"哨兵回应说道。

实际上，值班的军官和哨兵们在城墙边上不拘形式地来回巡逻，彼此一眼就可以认出对方，因此像这样交换暗号似乎很可笑。只有特隆克在的时候，他们才会严格遵守规定。

特隆克中士个子并不高，身材瘦削，面相有点儿显老，头发总是梳得油亮。他寡言少语，和战友们都很少讲话。空闲时间里，一般都是在独自学习音乐，他对此很痴迷，军乐队指挥埃斯皮纳上士可能是他唯一的朋友。特隆克有一架精致的手风琴，据说他很擅长演奏，但他从来没有拉过。他学过和声，听说还创作过几首军队进行曲。但至于细节，大家一无所知。每当他值班的时候，都不会有任何危险情况出现，他会像在休息的时候一样，习惯性地吹起口哨。多数情况下，他会沿着城垛走来走去，巡视北方的山谷，也不知道在看些什么。此时，特隆克站在德罗戈身边，用右手食指指向险峻山脊间通往新棱堡的逶迤山路，并对他说道："那边正在换岗。"但在昏暗的暮色中，德罗戈难以看清。接着，特隆克中士摇了摇头。

"出什么事了吗？"德罗戈问道。

"这样换岗是不对的，我一直这么说，这样做很疯狂。"特隆克回答道。

"究竟发生了什么事呢？"

"这样换岗是不对的。"特隆克重复道，"新棱堡那边应该提前换岗，可是上校先生一直不同意。"

德罗戈惊讶地看着他，特隆克竟敢批评上校先生？

"上校先生他……"特隆克中士显然不是纠正自己的最后一句话，他以一种严肃又坚定的语气继续说道，"他觉得现在这样是完全正确的，从未有人向他解释过其中存在着危险。"

"危险？"德罗戈问道。他心里想着，四周如此荒芜，城堡到新棱堡的路也非常好走，能有什么危险呢？

"会有危险的。"特隆克重复道，"总有一天，夜里会发生一些事情的。"

"那应该怎么换岗呢？"德罗戈礼貌地问道，他对此很感兴趣。

"在以前，"特隆克中士对有机会展示自己的能力感到很兴奋，便开始讲道，"在以前，新棱堡的换岗时间要比城堡的换岗时间提前两个小时。而且换岗时间都会安排在白天，冬天的时候也是如此。另外，暗号也有所简化。进入堡垒时需要一个暗号，白天值班以及返回城堡时有另一个暗号。两个暗号就足够了。这样当下班的哨兵回到城堡时，城堡这边的哨兵还没有换岗，所以暗号仍然有效。"

"哦，我明白了。"德罗戈说道，没有继续追问。

"但后来，"特隆克说，"他们很担心。他们说，让那么多知道暗号的士兵在边境外活动是不够严谨的。五十名士兵中出现一名叛变者的可能性可比唯一一名军官叛变的可能性大多了。"

"是的，没错。"德罗戈赞同道。

"因此，他们认为只让带队军官知道暗号为好。于是现在的流程是，去换岗的士兵们会提前四十五分钟从城堡出发。就拿今天来说吧，统一的换岗时间是六点。去新棱堡换岗的哨兵会在五点一刻离开这里，六点整到达那边。离开城堡时不需要暗号，因为他们只是一支出发的小分队。而想要进入堡垒，就需要说出昨天的暗号，这个暗号只有带队军官一人知道。当换岗结束后，今天的新暗号就生效了，同样也只有带队军官自己知道。就这样持续二十四小时，直到明天新一批士兵来换岗。然后明天晚上，当这批士兵返回城堡时（他们预计会在六点半到达，回来的路不会那么辛苦），暗号又变了，于是就需要第三个暗号了。因此，带队军官必须得知道三个暗号，第一个是换岗时的暗号，第二个是值班时的暗号，第三个是返回城堡时的暗号。安排得如此复杂，就是为了让士兵们走在路上时对暗号全然不知。"

"但我觉得，"特隆克继续说道，他并未在意德罗戈是否在关注他，"我觉得如果只有带队军官知道暗号的话，假如他在路上突感不适，士兵们该怎么办呢？他们不能强迫他说出暗号吧，这样一来，他们甚至无法回到出发的地方，因为这时候暗号已经变了。他们难道没考虑过这个问题吗？这些人光重视保密工作，可难道没有意识到，这样一来，就需要三个暗号，而不是两个，而且第三个暗号就是第二天要返回城堡的暗号，那不是提前二十四小时就发布了吗？这样无论发生什么事，暗号都不能再更改了，否则士兵们就无法返回城堡。”

　　“可是，”德罗戈反对说，“城堡的卫兵在门口很容易就能认出他们，不是吗？他们能一清二楚地看到这是换岗回来的哨兵吧！”

　　特隆克以居高临下的态度看着德罗戈中尉，说：“这是不可能的，中尉先生。城堡的规定是，如果不知道暗号，任何从北方来的人，无论是谁，都不能进入。”

　　“可是，”德罗戈被这种荒谬的规定激怒了，“专门为新棱堡设定一个特殊的暗号不是更简单吗？那边率先进行换岗，而回到城堡的暗号只让带队军官知道。这样一来，士兵们依然是一无所知的。”

　　“没错。”特隆克中士得意地说道，像是早就在等着这种反对意见一样。“这也许是最好的解决办法，但这样一来，就必须修改军中条例，那就需要重新制定法律。条例中说（他逐字逐句地说道）：暗号有效期为二十四小时，从一次换岗到下一次换岗为止；城堡及其附属堡垒范围内只允许使用同一暗号。这里说得很清楚，'附属堡垒'也算在内，所以没什么办法。"

"但之前，"德罗戈又发问道，他从一开始就没有认真听，"新棱堡是提前进行换岗的吗？"

"当然是的！"特隆克大喊道，然后更改了口吻说："是的，中尉先生。最近两年才变成现在这样的，以前的情况要好得多。"然后，特隆克中士沉默了，德罗戈惊讶地看着他。

在城堡里待了二十二年，这位士兵的心里还会剩下些什么呢？

特隆克是否还记得，在世界的其他地方，有无数的人不需要穿军装，可以在城市里自由漫步，晚上闲暇时可以上床睡觉，也可以去酒吧或者剧院？不，（目测就知道）特隆克已经忘记了世上其他的人，对他来说，除了城堡和那些可恶的军规之外，再无其他。特隆克不再记得女孩们是如何用甜美的嗓音讲话的，也不记得花园是什么样子，河流是什么样子，除了稀稀拉拉散落在城堡周围的灌木，他也不记得树木是什么样子了。

特隆克向外看了看，是的，他向北方看了看，不过与德罗戈的心态并不相同。他盯着通往新棱堡的路，盯着壕沟及其外崖，他观察着所有可能的进攻道路，却没有望向荒凉的山崖，也没有望向那片神秘的三角形平原，更没有望向傍晚天空中飘荡的云。

就这样，夜色来临之际，德罗戈再次萌生了立刻离开的想法，他非常自责，为什么他没有立即离开？为什么他会听从马蒂的花言巧语？现在他不得不待上四个月，那是一百二十个漫长的日子，其中一半时间都会用来在城墙上站岗。他觉得自己正处在另一个种族之中，在一片异国土地上，在一个残酷又毫无感恩的世界里。德罗戈环顾四周，又看到了特隆克，他纹丝不动，依然在监视着哨兵。

第
六
章

　　夜幕降临，德罗戈坐在堡垒中空荡荡的房间里，拿出带来的纸、墨水和笔，准备写信。

　　他开始写道"亲爱的妈妈"，瞬间就有一种自己变回了孩子的感觉。他独自一人坐在灯光下，在没有人看到的地方，在陌生的堡垒中心。他远离了家乡，远离了一切熟悉和美好的事物，但至少能在这里敞开心扉，这对他来说也是一种安慰。

　　当然了，和其他人在一起，尤其是和士兵们在一起的时候，他必须让自己看起来像个男人，所以他和他们谈笑风生，大聊特聊军中生活，以及各种风流韵事。除了妈妈，他还能对谁讲真话呢？德罗戈当晚讲的真话并不是身为一名好士兵该说的话，可能也与这庄严的城堡极不相称，他的战友们听到后会嘲笑他的。而他想讲的真话就是，这一路上他备感疲惫，城堡阴郁的城墙也让他内心压抑，他已完全陷入孤独。

"赶了两天路，我终于到达了，筋疲力尽。"他很想这样写。"当我到达时，我得知如果我愿意的话，我是可以回到城里的。城堡非常荒凉，附近没有城镇，也没有任何消遣和娱乐。"他也想这样写。

但德罗戈想起了他的妈妈，此时此刻她也一定正在想着他，还会安慰自己说她的儿子也许正在一个氛围友善的部队里，同好友们共度欢乐时光。她一定认为他很满足、很安逸。

"亲爱的妈妈，"他开始写道，"经过一段绝妙的旅程后，我于前天抵达了这里。城堡真的太雄伟了……"哦，其实好想让她了解这里荒凉的城墙，如受罚和流放一般的漂泊气氛，以及古怪又荒唐的人。但与之相反，他如此写道："这里的军官们很热烈地欢迎我。司令的第一助手对我也很友善，如果我想的话，可以完全自由地回到城里。可是，我……"

也许此刻，他的妈妈正在他的空房间里走来走去，打开抽屉收拾他的旧衣服，整理书本和书桌。她把这些东西整理过很多次了，这样会让她觉得自己的儿子还在，就像过去他晚餐前回家一样。德罗戈似乎听到了她那熟悉又细碎的脚步声，总是流露着不安，让人觉得她是在为谁担忧一样。那还怎么忍心再让她难过呢？如果他就在妈妈的身边，在同一个房间里，在熟悉的灯光下，那么德罗戈或许会告诉她一切，这样她不会过分悲伤，毕竟他已经在她身边了，痛苦的事早已过去。但如今相隔这么远，难道要把这些写进信里吗？他想坐在妈妈身边，围在壁炉前，在老家令人安心的静谧氛围里，向她描述马蒂少校以及他阴险的陷阱，也向她描述有诸多怪癖的特隆克！他也会告诉妈妈，自己是多么愚蠢，才会同意在这里待上四个月，两个人可能都会为此大笑起来，可是如今距离这么遥远，该怎么办呢？

"不过，"德罗戈继续写道，"我想，为了我自己和我的前程，在这里待上一段时间是有好处的……这里的战友们都很好，工作也轻松，并不辛苦。"可是自己的那个房间、蓄水池的噪声、与奥尔蒂斯上尉的相遇以及那片北方的荒芜土地该怎么描述呢？难道不需要向她解释军中严格的规定，以及他所在的这座光秃秃的堡垒是什么样子的吗？不行，对自己的妈妈也不能如实相告，不能把这些让他心神不宁的隐隐担忧都讲给她听。

在德罗戈城里的家中，钟表以不同的音色一个接一个地响了起来，现在是晚上十点，橱柜里的玻璃杯随着钟声叮叮当当地共振着，厨房里传来一阵笑声，街对面有人在弹钢琴。透过一扇像是射击孔一样的窄窗，德罗戈从自己坐着的位置望向北方的山谷，望向那片阴郁的土地，可除了漆黑一片，什么也没看到。他写字的笔发出沙沙声响。尽管已是深夜，狂风穿过城垛，吹来未知的讯息，尽管堡垒内一片漆黑，空气潮湿，然而，德罗戈还是这样写道："总的来说，我很满意，我一切都好。"

从前一天傍晚九点到第二天清晨，每隔半小时，谷口最右端的第四堡垒里都会敲一次钟。每当钟声一响，最近的一名哨兵就会立即呼叫他邻近的战友，然后这位战友会再呼叫下一名哨兵，就这样一直传到城墙另一端，从一个堡垒再传到另一个堡垒，穿过这座城堡，传遍整座防御工事，在夜色中久久回荡。

"注意警戒！注意警戒！"哨兵们毫无激情地呼叫着，只是在机械地重复着，音调也很奇怪。德罗戈和衣躺在小床上，倦意袭来，而且越来越强烈，只能偶尔听到远处传来的呼叫声。"注意……注意……注意……"呼叫声在他耳边响起，声音越来越大，从他头顶掠过时音量达到了最高峰，然后传到了另一个方向，逐渐消失。两分钟以后，呼叫声又响了起来，但方向相反，是从左侧的第一堡垒传回来的。德罗戈听到声音又在向他靠近，缓慢又单调，"注意……注意……注意……"只有当他头顶的哨兵开始重复时，他才听清了这句话。但很快，"注意警戒！"的呼叫声仿佛变成了一种哀号，在最后一名哨兵喊过之后，便消失在了悬崖之下。德罗戈四次听到呼叫声传了过来，也四次听到声音回传到它最开始响起的地方，消逝于堡垒边缘。当第五次听到的时候，德罗戈产生了一个模糊的意识，让他心里一震。他突然想到，对于值班的哨兵来说，睡觉是不太合适的，其实军规允许睡觉，但条件是不许脱衣服。不过城堡里几乎所有年轻士兵都出于一种对衣着得体的讲究和高傲，整夜不睡，他们要么读书，要么抽雪茄，甚至还会违规互相串门，或者聚众打牌。德罗戈早些时候曾向特隆克打听过情况，但他被告知，保持清醒是个好事情。

在油灯的光晕下，德罗戈躺在小床上幻想着自己的生活，很快睡意再次袭来。与此同时，从这天晚上起，哦，如果他知道的话，可能就不会想睡觉了，因为正是从这天晚上起，于他而言，时间开始无法挽回地飞逝而去。

在此之前，他度过了无忧无虑的青春时光，在孩子们的眼中，这是一条似乎漫无尽头的路，时间的脚步缓慢而轻盈，以至于没有人注意到它的流逝。他一个人平静地走着，好奇地环顾四周，无须匆忙赶路，因为没有人在后面催促，也没有人在前方等待，伙伴们也同样心无旁骛地前进着，还时常停下来开开玩笑。大人们在家门口亲切地向他打着招呼，会心一笑，为他指明地平线的方向，于是，他的心开始为宏大但还稚嫩的理想而跳动着，想象着美事将至的前夕会是什么样子，虽然还没有看到，的确还没看到，但可以确定，绝对可以确定，总有一天会到达的。

还有多远的路要走呢？不，只要穿过那条河，走过那片绿油油的山就到了。可现在不是已经到达了吗？这些树木，这片草地，这栋白色的房子难道不是自己要寻找的吗？总有一些瞬间，他确实想要停下来了。但一旦听到最好的事物还在更远的地方，他就又继续上路了。

于是，他满怀信心地继续前行，日子漫长而宁静，太阳高高地挂在天空，似乎永远也不愿落下。

但在某一刻，他几乎是出于本能地回过头，发现身后的门已然关闭，从此再无归路。这时，他感到某些事物再也不复从前了，太阳不再纹丝不动，而是开始快速变换着位置。唉，还没有来得及凝视它，它就已经坠向地平线那边的河流中了。他也发现云朵不再停靠于蓝天之中，而是飘散开来，彼此重叠，压得人透不过气。此时，他意识到了，时间在流逝，这条路终将走到尽头。

到了某个特定时刻，身后那扇厚重的大门就会关上，还会以闪电般的速度上了锁，让人来不及回去。而就在这个时刻，德罗戈正在安睡，浑然不觉，如婴孩一般在睡梦中露出微笑。

还需要过些日子，德罗戈才会意识到发生了什么事。到那时，他就会如同大梦初醒一般，难以置信地环顾四周。然后他将听到身后一阵追赶上来的嘈杂的脚步声，看到比他早醒过来的人们匆忙走过，想要尽早到达目的地。他将感受到时间在匆匆流逝。窗前不再有欢笑的身影，而是全然静止、无动于衷的面孔。如果问他们路还有多远，他们依然会指向地平线的方向，但再无善意或欣喜。与此同时，伙伴们也将不再齐头并进，有些人会筋疲力尽地落在后面，而另一些人将冲到前面，如今，他们不过成了地平线上的一个个微小的点。

人们会说，目的地就在那条河的后面，再走十公里就到了。然而，这一切其实永远都不会结束，白昼会越来越短，同伴会越来越少，会有一些冷漠苍白的身影站在窗前，向他们摇着头。

直到只剩下德罗戈一人的时候，出现在地平线上的会是一望无际的大海，铅灰色的海湾一片平静。此时，他将疲惫不堪，路两旁房屋的窗户几乎都紧闭着，零星的几个人会用泄气的手势告诉他：幸福其实在身后，早就被他错过了，可他却浑然不知。哦，但现在回去已经太迟了，在他身后，是大批追上来的人在怒号，他们被同样的幻象驱使着前进，但在这条荒芜的白色大道上，他们依旧不过是沧海一粟。

德罗戈此刻正安睡在第三堡垒中。他在睡梦中微笑着。这是最后几次，美好世界的幸福画面还能在夜里浮现于他的眼前。如果他能看到自己，他会发现自己在未来的某天，身处道路尽头，站在铅灰色的海边，灰蒙蒙的天空下，周围没有房屋，没有人，没有树，甚至连一棵草都没有，这一切仿佛最初就是如此。

第
七
章

　　行李箱终于从城里运到了城堡，里面装着德罗戈中尉的衣物，其中有一件崭新的披风，非常优雅。德罗戈披上它，对着房间里的小镜子细细地欣赏自己。他沾沾自喜地想着，每个人都会盯着自己看的，毕竟这布料如此华丽，连打出来的褶皱都令人心生骄傲。

　　他想，不应该在城堡服役期间穿这件披风，晚上穿着它在潮湿的城墙上值班实在是太浪费了。而且第一次穿它到城墙上也不是很吉利。就像是承认自己不会有更好的机会再穿上这件衣服一样。可是，无法穿着它到处让人看看，他还是感到很遗憾。即使天气并不冷，他还是想穿上它，至少到部队裁缝那里走一趟，还可以顺便在那里买一件普通的披风。

随后他出门下楼，在光线合适的地方端详了自己优雅的影子。然而当他走到城堡中心时，披风似乎失去了原有的光泽。而且，德罗戈还发现，自己穿着它其实并不是很自在，似乎过分引人注目了。

所以他很庆幸看到楼梯和走廊里空无一人。后来遇到了一位上尉，他回应了德罗戈的问候，却没再多看他一眼，就连偶尔遇到的几个士兵也没有转过目光来看他。

德罗戈走下一条狭窄的旋转楼梯，楼梯是嵌入墙体式的设计，他的脚步声上下回响着，仿佛还有其他人走上走下一样。而那件宝贵的披风不停地摩擦剐蹭着墙上的白色霉菌。

德罗戈就这样来到了地下室。裁缝普罗斯多奇莫的工作坊就在这间地下室里。天气好的时候，地面上的一扇小窗会透进来一丝光亮，但这天傍晚，他已经点亮了灯。

"晚上好，中尉先生。"部队裁缝普罗斯多奇莫一看到他进来，马上向他打招呼。偌大的房间里，只有几个小角落被照亮了，桌子旁，一位老人正在写着什么，三位年轻的助手正在工作台附近忙碌着。四周松松垮垮地挂着几十件制服、大衣和披风，看上去像是一群被绞死的人。

"晚上好。"德罗戈回应道，"我想要一件披风，一件不需要花很多钱的披风，只要能穿四个月就行。"

"先让我看看。"裁缝带着狐疑的微笑说着，并掀起德罗戈这件披风的一角，拉到光亮处。他的军衔只是上士，但他的裁缝手艺似乎理所当然地赋予了他同上级套近乎的机会。"料子不错，确实不错……您一定花了不少钱吧，我想，城里的裁缝可不是闹着玩儿的。"他表现得像个行家一样，然后又摇了摇头，充血的脸颊微微颤动着，"只可惜……"

"可惜什么？"

"可惜领子太低了，不太像军装。"

"现在就流行这种款式的。"德罗戈充满优越感地说道。

"流行款式会把领子做得低一些，但我们军人并不追求时尚。再流行也必须符合军规，而军规规定'披风的领子要紧贴颈部，形如腰带，高七厘米'。中尉先生，在如此幽暗的地下室里看到我，您一定觉得我是个手艺欠佳的裁缝吧。"

"怎么会？"德罗戈问道，"不，并非如此。"

"您可能认为我是个手艺欠佳的裁缝。但其实，很多军官都非常尊敬我，即使在城里也是如此。我在这里'只是临时的'。"他着重强调了最后几个字，好像具有重大意义一般。

德罗戈无言以对。

"总有一天我会离开的。"普罗斯多奇莫接着说，"要不是上校先生不想让我走……不过，你们其他人在笑些什么？"

半明半暗的环境中，那三位助手在极力忍住自己的笑声，现在他们低下了头，夸张地表现出自己正在工作。而那位老人仍然在埋头写字，仿佛身处另一个世界。

"有什么好笑的？"普罗斯多奇莫重复道，"你们都太急功近利了，总有一天你们会意识到的。"

"是啊。"德罗戈说道，"有什么好笑的？"

"都是些傻瓜。"裁缝说道，"最好别理他们。"

这时，楼梯上传来一阵脚步声，一位士兵出现了。是服装库的长官派人叫普罗斯多奇莫过去一趟。"对不起，中尉先生。"裁缝说，"有公务，我过两分钟就回来。"随后，他便跟着士兵上楼去了。

德罗戈坐下来等他回来。裁缝一离开，三位助手就暂停了手里的工作。老人终于从桌子上的纸上抬起眼睛，站起身来，一瘸一拐地走到德罗戈身边。

"您听到了吗？"他的口音很古怪，还做了个手势指向离开的裁缝，"您听到了吗？中尉先生，您知道他来城堡多少年了吗？"

"呃，我不知道……"

"十五年了，中尉先生，可恨的十五年里，他还在一直重复他那老一套：'我只是临时在这里的，随时都有可能离开……'"

有位助手在工作台边嘀咕着什么。想必这一定是他们平时的笑料，老人对此习以为常，甚至没有看向他们。

"恰恰相反，他永远都走不掉。"老人说道，"上校先生和其他许多人都会在这里一直待到死，这是一种病，您要小心，中尉先生，您是新来的，趁还来得及，一定要小心……"

"小心什么？"

"可能的话尽快离开，别染上他们的怪病。"

德罗戈说："我只在这里待四个月，并未打算留下。"

老人说："中尉先生，无论如何，还是要小心。菲利莫雷上校已经着手筹备一些'大事情'了，我记得很清楚，他这样说了差不多有十八年了。他确实说的是'大事情'，这是他的惯用词。他要让大家记住，城堡非常重要，比其他地方都重要得多，城里的人是不会明白这一点的。"老人语速很慢，一字一句之间，还夹杂着一些无声的瞬间，"他要让大家记住城堡是最重要的，记住这里终将会发生一些什么事情。"

　　德罗戈微笑着问道："会发生什么？战争吗？"

　　"谁知道呢，也许吧，可能是一场战争。"

　　"从沙漠那边打过来的战争？"

　　"可能是的，从沙漠那边。"老人肯定道。

　　"可是，会是谁呢？什么人会打过来？"

　　"您觉得我能知道些什么？没人会来的，大家都明白的。但上校先生研究过地图，他说鞑靼人依然存在，古时候的一支残余部队还在到处流窜。"

　　昏暗的灯光下，三位助手发出了痴傻的讥笑声。

　　"他们还在这里，在等待着。"老人继续说，"您看看上校先生、斯蒂乔内上尉先生、奥尔蒂斯上尉先生，还有那位中校先生，他们每年都盼着能发生一些事，他们会一直这样的，直到退伍为止。"他停顿了一下，把头歪向一边，似乎在窃听着什么。而后说道："我好像听到了脚步声。"但实际上，没有任何声响。

　　"我什么也没听到。"德罗戈说道。

　　"普罗斯多奇莫也一样！"老人继续说道，"他只不过是一个普通的上士，部队里的裁缝，但他和那些人为伍，也在等待着，已经等了十五年了……可是中尉先生，您不听我的劝告，您看，您保持沉默，一定是认为这都是我编的故事。"老人近乎恳求地补充道，"您一定要小心，我告诉您，您很容易就会被影响的，最终也会留下来，我从您的眼睛里就看得出来。"德罗戈沉默了，对于一名军官来说，同这样一位可怜人谈心似乎并不值得。

"可您呢，"德罗戈问，"那您自己怎么办？"

"我？"老人说，"我是他的哥哥，我在这里和他一起工作。"

"他的哥哥？您是他的哥哥？"

"是的。"老人笑道，"我是他的哥哥。我也曾是名军官，后来摔断了腿，就沦落至此了。"在安静的地下室中，德罗戈听到自己的心脏跳得很快。这也就是说，即使是这位躲在地下室里算账的老人，这个忧郁又卑微的家伙，也在等待着自己成为英雄的那天？德罗戈盯着他的眼睛，对方苦涩地摇摇头，似乎在说，"是的，确实毫无办法"，意思就是，我们只能这样，将永无出头之日。

也许是楼梯某处的一扇门打开了，现在可以听到一些声音透过墙壁远远地传过来，来源不明。每隔一段时间，声音就会暂停，留下一片寂静，不久之后，又会重新响起，就这样一次又一次地重复着，节奏缓慢，如同整座城堡的风格一样。

现在德罗戈终于理解了。他凝视着那些挂起来的制服形成的一道道阴影，这些阴影在摇曳的灯火中晃动着。他想，就在这一刻，上校先生会在办公室里打开那扇朝北的窗户。可以肯定，在这样一个如同黑夜、如同秋日的悲伤时刻，城堡的最高司令官会向北望去，望向山谷那片幽暗的深渊。他们的成就、他们的冒险、他们渴望的至少拥有一次的奇迹时刻，都将源自北方的这片沙漠。为了这种模糊的、似乎随着时间的推移会变得越来越不确定的可能性，他们在这里耗尽了生命中最美好的时光。他们脱离了普通人的生活，无法享受普通人的快乐，也不再拥有普通人的命运。他们怀着同样的希望在这里并肩生活，却从未向彼此倾诉，可能是因为他们自己也没有意识到，或者仅仅因为他们是军人，所以心怀忌惮。

特隆克可能也是如此。他注重规章制度、严明的纪律，追求一丝不苟所带来的自豪感，并且还自欺欺人地认为这样就足够了。假如有人告诉他说，只要你活着，所有的一切都会如此，直到最后都会一成不变，那么，他或许会醒悟过来；但也可能会说，不可能的，我敢说，一定会有不一样的、真正有价值的事情发生的，虽然现在的这件事情已经结束，但依然要继续耐心等待。

德罗戈已然理解了这些人浅显易懂的秘密，他感到如释重负，觉得自己已经置身事外了，成了一个未受影响的旁观者。真是谢天谢地，四个月后，自己将会永远地离开他们。这座古堡莫名的魅力也荒唐般地荡然无存了。他这样想着。然而，为什么这位老人一直在用那种别有用意的表情盯着自己呢？为什么德罗戈很想吹吹口哨，很想喝点儿酒，也很想出去走一走呢？或许是为了向自己证明，他是真正地自由又平和了吗？

第
八
章

　　德罗戈在这里交到了一些新朋友，莫雷尔中尉、彼得罗·安古斯蒂纳中尉、弗朗切斯科·格罗塔中尉和马克斯·拉戈里奥中尉。此刻他们一同坐在食堂里，这个时段的食堂没有其他人在，只有一名杂役靠在远处的门框边。昏暗的光线中，能看到四周的墙上挂着过往历届上校的肖像。桌布上有些晚餐剩下的残羹冷炙，还有八个黑乎乎的酒瓶也散落其间。

　　也许是因为喝了点儿酒，再加上是在晚上，他们的情绪都有些激动。当他们安静下来时，才听到外面在下着雨。他们是在为拉戈里奥中尉饯行，他在城堡已经待满了两年，明天就要离开了。

拉戈里奥说："安古斯蒂纳，如果你也想来，我会等着你的。"虽然他是以惯用的开玩笑的口吻说的，但听得出来，他是认真的。安古斯蒂纳两年的服役期也已期满，但他却不想离开，他面色苍白，像往常一样，神情漠然地坐着，好像根本不关心他们，只是碰巧路过才坐在这里一样。

"安古斯蒂纳，"拉戈里奥大喊着重复道，他显然已经喝醉了，"如果你也想来的话，我会等你的，我可以等你三天。"

安古斯蒂纳中尉没有回答，只是淡淡地笑了笑。他的蓝色制服被阳光晒得褪了色，在众人之中格外显眼，虽然看上去不修边幅，却有一种难以形容的优雅。

拉戈里奥转过头，看向莫雷尔、格罗塔和德罗戈，说道："你们也劝劝他吧，"同时把右手放在了安古斯蒂纳的肩上，"回到城里会对他有好处的。"

"对我有好处？"安古斯蒂纳好奇地问道。

"你在城里会更好的，就是这样。我想，其他所有人回城里都会更好的。"

"我在这里很好，"安古斯蒂纳冷淡地说，"我不需要被照顾。"

"我没说你需要照顾。我的意思是这对你有好处。"
拉戈里奥解释道。此时，可以听得到外面庭院里的雨声。
安古斯蒂纳用两根手指捋了捋他的小胡子，看得出来，他
有点儿心烦。

　　拉戈里奥继续说道："为了你的妈妈，为了你的亲人，
你难道不想……想象一下，当你的妈妈……"

　　"我的妈妈可以照顾好自己的。"安古斯蒂纳带着一
丝苦涩回答道。拉戈里奥理解了他的意思，便转移了话题：
"安古斯蒂纳，考虑一下，难道你不想后天去见见克劳迪
娜吗？她已经两年没见到你了……"

　　"克劳迪娜……"安古斯蒂纳无精打采地说，"哪个
克劳迪娜？我已经不记得了。"

　　"什么，你竟然不记得了！今晚和你真是什么都聊不
来，就是这样。这又不是什么秘密，不是吗？以前每天都
能看到你们在一起。"

　　"啊，"安古斯蒂纳为了表现出善意，说道，"现在
我想起来了。没错，克劳迪娜，瞧你说的，她有可能也不
记得我这个人了……"

　　"呃，去你的吧，我们都知道的，那些女人为你而
疯狂，现在你就别谦虚了！"格罗塔感叹道。安古斯蒂纳
眼睛都不眨一下地盯着他，看得出来，他被这平淡的对话

触动了。

他们不再说话了。外面的夜色里，哨兵们在秋雨中来回巡逻。雨水落到了平台上，从屋檐倾泻而下，又顺着墙壁流了下去。此时已是深夜，安古斯蒂纳轻轻地咳嗽了一下。这样一个文质彬彬的年轻人发出如此难听的声音，好像很怪异。但他在极力地克制着自己，每次咳嗽的时候都低下头，似乎是为了表现出他无法控制自己一样，毕竟，这不是他应该承受的痛苦。就这样，咳嗽变成了他的一个标志性特点，一个别人模仿他的笑料。之后，又是一阵令人不悦的沉默。德罗戈觉得有必要打破它了。

"拉戈里奥，"他问道，"你明天几点出发？"

"十点左右吧，我想早点儿走，但我还得向上校先生告别。"

"上校先生早上五点钟就会起床，一年四季都是如此，他肯定不会耽误你的时间的。"

拉戈里奥笑了："可是我不想五点钟就起床。至少在最后一个早上，我想让自己舒服一点儿，没有人在后面催我。"

"那你后天就可以到家了。"莫雷尔羡慕地说道。

拉戈里奥说："这是不可能的，我向你保证。"

"什么不可能？"

"两天内回城不可能，"他停顿了一下，继续说道，"甚至永远也回不去。"

安古斯蒂纳脸色苍白，不再捋他的小胡子了，而是盯着半明半暗的正前方。此时，大厅里弥漫着黑夜的气息，恐惧感穿过破败的墙壁后烟消云散，厄运逐渐消退，骄傲的灵魂在麻木的人性之上振翅高飞。墙上那些肖像画里的上校们瞪着炯炯有神的眼睛，流露出一些非凡的征兆。外面，雨依然在下着。

"你能想象吗？"拉戈里奥无情地对安古斯蒂纳说，"后天晚上的这个时候，我也许会在康萨尔维镇。那是个绝妙的世界，有音乐，还有美丽的女人。"他重复着这个陈旧的笑话。

"真是好品味。"安古斯蒂纳轻蔑地回答道。

"或者，"拉戈里奥继续说道，他出于好意，只是想说服他的朋友，"好吧，也许这样更好，我去特隆的家里，去找你的叔叔们，他们人都很好，贾科莫也许会说：'来玩儿点绅士的游戏吧'。"

"呃，品味确实不错。"安古斯蒂纳回应道。

"不管怎样，"拉戈里奥说，"后天我就可以去消遣了，而你还是要值班。我会在城里悠闲地散步（他被自己的这个想法逗笑了），而你还要负责查岗，说着'一切正常，只是哨兵马蒂尼有点不舒服'这样的话。凌晨两点的时候，中士会把你叫醒，说：'中尉先生，该查岗了'，这样，你就可以保证自己在两点钟醒来，但同一时间，我可是在和罗莎莉娅上床……"

这些都是拉戈里奥无意识的言行举止，似乎有点残忍，但大家都习以为常。不过，透过他的言语，远方城市的景象生动逼真地展现在他们眼前。那里有宫殿，有雄伟的教堂，有高耸的穹顶，也有浪漫的河边大道。他们想，这个时候，城里应该会弥漫着薄雾，车灯亮着微弱的黄光，冷清的街道上闪过一对对情侣的黑影。马车夫们在歌剧院的玻璃窗前叫喊着，小提琴的回声传来，夹杂着一阵阵笑声，还有女人说话的声音（是从富贵人家幽暗的门里传出来的）。在如迷宫般的屋顶之间，有些远在高处的窗户还亮着灯。这座城市无比迷人，蕴藏着他们的青春梦想，以及至今未知的冒险奇遇。

此时，大家都在偷偷注视着安古斯蒂纳难掩倦意的脸，又不想让他发觉。所有人都知道，他们不是来为拉戈里奥的离开而庆祝的，其实，他们是来同安古斯蒂纳告别的，因为只有他一个人最终会留下。在拉戈里奥之后，其他人也将一个接一个地离开，比如，格罗塔、莫雷尔，还有比他们更早离开的德罗戈，毕竟他只在这里待四个月。而安古斯蒂纳却相反，他不会离开，其他人无法理解其中原委，但他们很清楚他一定会留下来的。尽管他们隐约地觉得，安古斯蒂纳又一次顺从于自己野心勃勃的生活方式了，但他们却也无法劝止他，毕竟他心怀一种近乎荒唐的狂热。

为什么安古斯蒂纳这个可恶的势利眼到现在还笑得出来？为什么像是病了的他不跑去收拾行李，不准备离开？为什么他死盯着昏暗的灯光？他在想些什么呢？是什么隐秘的自豪感让他选择留在城堡里？他也是为了那件事吗？快看看他吧，拉戈里奥，你是他的朋友，趁你还能好好看看他的时候，正如今晚，让他的脸印在你的脑海里吧，记住他那瘦长的鼻子、呆滞的眼神，以及不自然的笑容，也许有一天你会明白他为什么不跟着你一起离开，你会理解他无动于衷的背后会有什么缘由。

拉戈里奥第二天一早就要离开了。勤务兵牵着两匹马在城堡门前等着他。天空阴沉沉的，但没有下雨。

拉戈里奥一脸喜色。他看都没看一眼就从房间里走了出来，到了外面也没有回头再看一眼城堡。头顶上的城墙阴森地矗立着，城门口的哨兵纹丝不动，这片宽阔的平原上了无生气。靠着城堡的一间小房子里传来有节奏的敲击声。安古斯蒂纳下马来同他的战友告别，他拍了拍马，说道："它一直都是匹漂亮的马。"拉戈里奥要启程了，回到城里去过轻松快乐的生活了。而他自己却留了下来，他用一双无神的眼睛看着这位正围着马忙前忙后的战友，勉强挤出一丝微笑。

"我感觉其实我无法真正地离开这里。"拉戈里奥说，"这座城堡会令我念念不忘。"

"等你到了城里之后，去和我的父母问个好吧。"安古斯蒂纳说道，却没有看向对方，"告诉我的妈妈，我在这里一切都好。"

"放心吧。"拉戈里奥顿了顿，又继续说道，"我为昨晚的事道歉，你知道吗？我们确实不同，你内心深处的想法，其实我从未明白过。你似乎拥有一腔热情，我不太理解，但也许你是对的。"

"我根本没有介意。"安古斯蒂纳说道，他的右半身靠在马上，眼神看向了地面，"瞧你说的，我怎么会生气呢。"

他们两人截然不同，喜欢不同的事物，在思想和文化水平上也相差很远。安古斯蒂纳明显高出一截。可令人惊讶的是，他们却总是在一起。不过，他们的确是朋友，在所有人中，拉戈里奥是唯一一个发自内心理解安古斯蒂纳的人，只有他明白对方的痛苦，因此，他几乎是羞于在他面前离开，仿佛这是一场恶劣的炫耀，会让他无法下定决心。

"如果你看到克劳迪娜的话，"安古斯蒂纳依然用平静的声音说道，"请代我向她问好……不，算了吧，你最好还是什么也别说了。"

"好吧，但如果我见到她，她一定会问我的。她很清楚你在这里。"

安古斯蒂纳没有再说话。

"好了。"拉戈里奥和勤务兵一起整理好行装后，说道，"也许我该走了，否则就太晚了。再见了。"

他与这位朋友握手告别，然后优雅地跨上马鞍。

"再见了，拉戈里奥。"安古斯蒂纳大喊道，"祝你一路顺风！"

拉戈里奥直直地坐在马背上，看着安古斯蒂纳。他并不是一个聪明人，但他仿佛听到了一个阴沉的声音在告诉他，他们可能再也无法相见了。他踢了一下马，马开始出发了。就在这时，安古斯蒂纳微微举起右手，似乎在召唤他的战友，让他再等一下，自己还有最后一句话要对他说。拉戈里奥用余光看到了他的手势，于是在二十米外的地方停了下来。

"什么事？"他问道，"你还想要说什么吗？"

但安古斯蒂纳放下了手，又恢复了之前一副满不在乎的姿态。

"没什么，没什么。"他回答道。"你怎么了？"

"啊，我还以为……"拉戈里奥困惑地说道。然后，他摇摇晃晃地骑在马背上，向平原深处走去了。

第
九
章

　　城堡的平台上一片雪白，南方的山谷和北方的沙漠也同样如此。积雪覆盖了各个堡垒，像是给城垛镶上了一个易碎的花边，时不时会有雪片从边沿上簌簌落下。悬崖边上，偶尔会有巨大的雪块毫无预兆地滚向山谷，隆隆作响中升起茫茫白烟。

　　这并不是今年的第一场雪，可能是第三场或是第四场了，来到这里已经有一段时间了。德罗戈感叹道："我来到城堡的日子还仿佛就在昨天。"可时间却以一成不变的节奏流逝着，对所有人来说都一样，它不会因幸福的人而变慢，也不会因不幸的人而变快。

日子已经不紧不慢地过去三个月了。圣诞节将至，新年也快要到了，让人难得地萌生了希望之感。德罗戈已经在准备离开了。在办完马蒂少校答应他的体检手续之后，他就可以走了。他不停地告诉自己，这是一件值得高兴的事，轻松、愉快又幸福的生活将在城里等待着他，然而，他却高兴不起来。

一月十日上午，他来到了城堡顶层的医生办公室。费尔迪南多·罗维纳医生五十多岁了，温和而睿智的脸上却透着些许倦意。他没有穿军装，而是穿了一件像是法官制服的深色外套。他坐在桌子前，面前摆着各种书籍和文件，但德罗戈进来后就意识到了，医生根本无所事事，只是静坐着，不知道在想些什么。窗户朝向庭院，傍晚时分能听到哨兵换岗的脚步声。透过窗户可以看到对面的墙壁，以及格外晴朗的天空。两人互相问候了一下，德罗戈很快就发现，这位医生对于他的情况了如指掌。

"乌鸦筑巢，燕子离去。"罗维纳打趣地说道，然后从抽屉里拿出一张印有表格的纸。

"您可能不知道，医生，我是误打误撞来到这里的。"德罗戈说道。

"亲爱的孩子，所有人都是误打误撞才到这里来的。"医生颇有深意地说道，"所有人或多或少都是这样的，即使是那些留下来的人也是如此。"德罗戈听不明白，便笑了笑。

"哦，我没有埋怨的意思！只是你们年轻人最好不要留在这里了。"罗维纳继续说道，"城里有很多好机会的。如果可以的话，我有时都在想……"

"可是为什么？"德罗戈问道，"为什么您没有申请调任呢？"

医生挥了挥手，仿佛听到了什么谬论一样。

"申请调任？"他意味深长地笑着说，"我在这里已经待了二十五年了。如今太晚了，孩子，我本该早做打算的。"

他原以为德罗戈会再反驳他一次的，但德罗戈中尉却并未再说话，于是，他便回到正题。他先请德罗戈坐下，询问了他的姓名，并登记在了指定表格的正确位置上。

"好的。"他最后说道，"您心脏不太好，是吗？您的身体在现在的海拔上无法承受，是吗？我们这样写怎么样？"

"就这么写吧。"德罗戈同意道，"您是最好的裁定者。"

"我们再给您开一个疗养假？如何？"医生使了个眼色。

"谢谢您。"德罗戈回答，"但我不想太过分。"

"尊重您的想法，那就不开疗养假了。我在您这个年纪的时候可没有这种顾虑。"

德罗戈没有坐下，而是走到了窗前，不时地向下张望着，看着在雪地里列队的士兵们。太阳刚刚落山，深蓝的暮色在城墙之间弥漫开来。

"你们当中，有一半以上的人都想在三四个月后离开。"医生有些伤感地说道，如今他也处在阴暗的光线下，因此很难看清楚他在写些什么，"我也是，如果我能像你们一样回城的话……说到底，这真的很遗憾。"

德罗戈毫无兴趣地听着，一心看向窗外。他看到庭院里苍黄的围墙伸向了水晶般澄澈的天空中。往围墙外更高的地方望去，还可以看到几座孤零零的塔楼、挂满积雪的歪斜城墙，以及空荡荡的防护坡和小碉堡，这些都是他以前从未注意过的景色。清澈的光线从西侧映照着这些建筑，它们意外地闪耀着一种坚不可摧的生命力。德罗戈此前从未意识到，这座城堡是如此的复杂，如此的巨大。他看到在极高处有一扇小窗（也可能是一个射击孔？）朝向山谷。上面应该会有一些他不认识的人，可能是像他一样的军官，也许还能成为朋友。他也看到堡垒之间的深谷所投射出来的几何形阴影，还看到了悬在屋顶之间的狭窄吊桥、与墙壁齐平且紧闭着的奇特大门，以及陈旧的防护栅栏和其因时间流逝而变形的细长棱角。

他看到，在昏暗的庭院里，在灯笼和火把之间，有一些高大又骄傲的士兵们拔出了刺刀。纯净的雪地上，他们排成了一排黑色的队列，像是金属雕塑一般，纹丝不动。军号开始响起时，他们每个人都气宇轩昂，庄严肃立。号音在空气中久久回荡，生动嘹亮，直抵人心。

"你们一个接一个地离开了。"罗维纳在幽暗的灯光下喃喃自语，"最后只剩下我们这些老人了。今年……"庭院里，号音还在响着，那是人和金属共同发出的嘹亮音色，振奋着士兵们英雄般的气势。随后号音停了下来，一片寂静，让医生的办公室里也留下了一丝难以言喻的意韵。寂静逐渐蔓延开来，甚至可以让人听到远处脚踩在雪地里发出的咯吱咯吱的声响。上校亲自过来慰问这些士兵们，三声绝妙的号音划破静谧的苍穹。

"你们当中，现在还有谁在这儿？"医生继续说道，"安古斯蒂纳中尉，好像就剩他了。另外还有莫雷尔，不过我敢打赌，他今年也会回城疗养。我敢打赌，他之后也会称病的……"

"莫雷尔？"德罗戈不得不作出回应，以向对方表示他正在听，"莫雷尔病了？"他这样问，是因为没听清最后几个字。

"哦，不是的，"医生说，"只是比方说是这样罢了。"

尽管窗户是紧闭着的，但也能听到上校清脆的脚步声。暮色中，刺刀一字排开，闪着银色的寒光。远方也传来号角的回声，也许是之前的号音穿过参差错落的墙壁传回来的。

医生沉默了一阵，然后站起来说："这是体检证明。我现在去请司令签字。"随后他把那张纸折起来放进一个文件夹里，并从衣帽架上取下大衣和一顶皮帽子。"中尉先生，您跟我一起去吗？"他问道，"您在看什么呢？"

上岗的哨兵们放下了武器，一个接一个地向城堡各个值班点走去。他们的步伐在雪地里发出沉闷的声响，而高空中飘荡着军乐声。随后，尽管听起来不太可能，但已经沉浸在夜色中的城墙开始慢慢向空中升起，被积雪覆盖的墙顶处升起了形如苍鹭的白云，白云慢慢向上，飘向了茫茫星际。

德罗戈的脑海中浮现出城里的景象，那是一幅苍白的画面——雨中喧闹的街巷、石膏雕塑、潮湿的军营、凄凉的钟声、疲惫不堪的面孔、漫长的午后时光、布满灰尘的天花板。

可是在这里，山里的夜晚正在降临，城堡上空的云逐渐消散，好像预示着奇迹将要发生。此时，德罗戈感觉到他的宿命从北方，那个掩映在城墙后面的北方到来了。

"医生，"德罗戈几乎是结结巴巴地说，"我的身体状态很好。"

"我知道的。"医生回答道，"您有什么想法吗？"

"我很好。"德罗戈重复道，几乎辨认不出自己的声音了，"我的身体状态很好，我想留下来。"

"留在城堡？您不想走了？发生了什么？"

"我说不上来，"德罗戈说，"但我不能离开。"

"啊！"罗维纳惊呼着向他走了过来，"如果您不是在开玩笑的话，我真的很高兴。"

"我没有开玩笑，我没有。"德罗戈说道，他觉得对方的兴奋对他来说，变成了一种别样的压力，但随之而来的，还有一丝幸福感。"医生，把那张证明扔掉吧。"

第十章

　　这也许是注定会发生的事情，在很久以前，某个久远的日子里就注定了，可能就是当德罗戈与奥尔蒂斯第一次一同踏上这片平原，看到城堡出现在正午沉闷的光线中的那一刻。

　　德罗戈决定留下来，是出于一种渴望，甚至不止如此，他深怀英雄主义理想，可能还有其他东西。如今，他觉得自己做了一件高尚的事，并对此感到惊讶，他发现自己比想象中更高尚。只是在数月之后，回首往事，他才会意识到，很多悲惨遭遇都与这座城堡联系在一起。

　　尽管军号可能会吹响，战歌可能会唱起，北方也有可能传来令人不安的消息，但如果只有这些的话，德罗戈可能依然会选择离开。可是，习惯后的麻木感，军人的自傲，以及内心对于每天望着城墙的热爱已经在他身上根深蒂固了。四个月的时间足以让他适应单调的服役生活了。

起初，值班对他来说似乎是一种难以承受的负担，但现在已然成为一种习惯。如今他已经了解了军规、用语、上级的喜好、堡垒的地形、放哨的点位、能避风的角落，以及号音的含义，等等。他从对值班事务的精通之中感受到了一种别样的乐趣，体会到了军官和士兵们之间日益增长的敬意，甚至特隆克也注意到了德罗戈是多么的一丝不苟，不由得心生赞赏之情。

这些战友们的一切他也早已习惯，他现在对他们非常了解，即使是一些最微妙的暗示，他也能够关注到。每天晚上，他们都会在一起大聊特聊，谈论城里的事，因为距离遥远，所以他们对这些事情尤为感兴趣。德罗戈也已习惯了美味又方便的食堂，以及军官宿舍舒适的壁炉，无论白天黑夜，壁炉都在燃烧着。他同样习惯了勤务兵的殷勤，那是一个名叫杰罗尼莫的善良家伙，他已经逐渐摸清了自己的个人偏好。

另外，他也习惯了偶尔和莫雷尔一起到周边不太远的村子里去转一转，路上要走两个多小时，还要穿过一条狭窄的山谷，他现在对这条路已经烂熟于心。在那边的客栈里，他们可以见到一些新面孔，享用到丰盛的饭菜，还能听到年轻姑娘们清脆的笑声，并和她们谈情说爱。

他还习惯了在下午休息时，和战友们在城堡后面的平原上策马狂奔，一决高下，而到了晚上，他们就一起耐心地下棋，气氛热烈，德罗戈往往能够取得胜利。（但奥尔蒂斯上尉告诉他："向来是这样的，新人一开始总是能赢。所有人都拥有过同样的经历，并会产生自己果然很厉害的错觉，但这只是时间问题，其他人最终会摸清我们惯用的那一套的，总有那么一天，你会无计可施的。"）

此外，对德罗戈来说，所习惯的还有自己的那间宿舍、安静的夜读、床头天花板上形如土耳其人头颅一样的裂痕、已如朋友般的蓄水池的噪声、身体在床垫上压出来的凹陷，以及之前有点别扭但现在却很舒适的毛毯，甚至那些熄灭油灯或者把书放回桌上的动作，他都可以出于本能地精确进行。如今，他已经知道早上在镜子前刮胡子的时候，应该摆成什么样的角度，能让光线恰到好处地照在脸上；他还知道如何把水壶里的水倒进脸盆里而不溢到外面；他也知道只有把钥匙向下弯一点，才能打开抽屉上那个不听话的锁。

德罗戈同样习惯了下雨时吱呀作响的门，习惯了窗口透进来的月光所能照到的地方，以及月光随时间流逝而缓慢移动的痕迹。他还习惯了楼下那个房间里每天半夜一点半就会传出来的脚步声，那是由于尼科洛西中校会因右腿有伤而莫名醒来，但同时也会吵醒睡梦中的德罗戈。

所有的这一切，如今都已成为他的一部分，失去这些会给他带来痛苦。但德罗戈尚未意识到这一点。他没有想过离开这一切会让他备感伤痛，也没有想过城堡的生活过得飞快，每天都在上演相同的景象。昨天和前天是一样的，但他无法分辨。三天前或二十天前的事情对他来说似乎也是同样的遥远。就这样，时间在他不知不觉间便飞逝而过。

现在，一个晴朗而寒冷的冬夜，他正在第四堡垒的防护坡上，傲慢又自在地巡逻着。由于天气太冷，哨兵们一直不停地来回走动，脚步踩在雪地里发出咯吱咯吱的声响。一轮皓月照亮了整个世界。城堡、悬崖、北方布满石砾的谷地，都泛着迷人的光芒，就连远处北方那层凝滞的雾气也在闪着光。

在堡垒内部的值班室里，灯火已经点燃了，火苗微微摇曳，影子也随之摆动起来。德罗戈开始提笔写信，他要给玛丽亚回信，玛丽亚是他的朋友韦斯科维的妹妹，没准儿有一天会成为他的妻子。但刚写了两行，他就站了起来，连自己甚至都不知道为什么，便爬到了屋顶上瞭望远方。

德罗戈现在所处的位置是整座城堡的最低处，也是谷口的最凹处。在这个位置的城墙上，有一扇大门，是连接两片领土的要道。这扇巨型的铁门很久以来就没有打开过。前往新棱堡值班的士兵每天进出的是一道小门，这道小门仅有一人宽，有哨兵时刻把守着。

这是德罗戈第一次来第四堡垒值班。他走到室外，望向了右侧若隐若现的悬崖，悬崖上结满冰雪，在月光下闪闪发光。一阵风吹过，吹动了天空中的小朵白云，也吹起了德罗戈的披风，这件新披风对他来说意义非凡。

他一动不动地凝视着对面的峭壁，凝视着那难以捉摸的遥远北方，披风如旗帜一般飘动着，噼啪作响。德罗戈觉得这晚的自己意气风发，非常具有军人气概，他笔直地站在平台边沿，任由华丽的披风在风中飘扬。而在他身旁的特隆克却只是披着一件臃肿的军大衣，看起来甚至不如一位普通士兵精干。

"特隆克，你说，"德罗戈假装不安地问道，"是我的错觉吗，还是今晚的月亮真的比平时大很多？"

"我觉得不是的，中尉先生。"特隆克说，"在城堡这边，人们总是会产生这样的错觉。"

他们说话的声音很大，仿佛周围的空气如玻璃一样透明。特隆克看到德罗戈中尉好像没有什么要跟他说的了，就沿着平台的边沿走开了，去进行他常年负责的巡岗工作。

德罗戈一个人留在原地，内心喜悦。他自豪地体会着自己选择留下来的坚定，也体会着为了遥远又不确定的巨大福祉而放弃自己个人微小幸福的苦涩滋味（或许还在心里安慰着自己，告诉自己还有机会可以及时离开这里）。

他预感，或者只是希望，未来可以发生一些崇高而伟大的事，所以他留在了这里，但也可能只是推迟离开，一切都尚未确定。他还有大把的时间可以考虑。生活中所有美好的事物似乎都在等着他。还有什么事情可忧虑呢？即使是女人这种可爱又陌生的生物，他也将其视为一种确定的幸福，觉得这是他在正常的生活里应得的。

未来是多么漫长啊！即使是一年，对他来说也是如此漫长，美好的岁月才刚刚开始，这些岁月似乎形成了一个悠长的序列，让人根本望不到尽头，那里仿佛有一个至今无人触及的宝库，巨大得甚至让他感到有些苦恼。

没有人告诉过他："乔瓦尼·德罗戈，你要小心！"对他来说，生命似乎是一个经久不衰的幻象，尽管青春已经开始凋零，但德罗戈并未意识到时间的流逝。即使能像众神一样拥有永驻的青春，他也觉得不值一提。然而，他真正拥有的却只是简单又普通的生活、人类短暂的青春年华，这是一份可怜的馈赠，他一双手就足以数清，甚至还未细数就已经消逝了。

他在想，未来还会有多长呢。说来也奇怪，听说有些人到了某一时刻就会开始等待死亡，但这种众所周知的荒唐事肯定与自己无关。德罗戈想到这里，便笑了出来。在寒冷的逼迫下，他开始走动了起来。

这边的城墙是顺着谷口的斜坡一路向下建造的，形成了一串由平台和长廊组成的阶梯式结构。德罗戈借着月光向下望去，在雪地的映衬下，可以看到黑压压的一排哨兵，他们有条不紊地走在冰雪路面上，发出窸窸窣窣的声音。

离他最近的一个哨兵，正站在十几米外的平台上，他好像没有其他人那么冷，一动不动地倚靠着城墙，会让人误以为他睡着了。但恰恰相反，德罗戈听到他正在低声哼着小调。

那是一首歌词循环往复的小调，德罗戈听不清楚具体是什么，曲子很单调，好像永远也唱不完。值班时是严禁讲话的，更别说是唱歌。德罗戈本应惩罚他，但一想到夜晚的寒冷和孤独，他就心生怜悯。于是，他开始沿着通往平台的矮楼梯向下走去，并轻轻咳嗽了一声，以作提醒。

哨兵转过头，看到带队军官走了过来，便纠正了自己的站姿，但他并没有停止歌唱。德罗戈顿时心生怒意：难道这些士兵自以为他们可以拿他取乐吗？一定要给他点儿厉害瞧瞧。哨兵立即注意到了德罗戈的严厉态度。根据约定俗成的习惯，士兵和带队军官之间无须交换暗号，但哨兵还是表现得非常严谨。他端起步枪，用城堡里专用的问话方式问道："什么人？什么人在那边？"

德罗戈立刻停下脚步，有些迷惑不解。两人相距只有不到五米远，皎洁的月光下，他可以清楚地看到哨兵的脸，他的嘴巴明明是紧闭着的，但哼着小调的歌声却并未停止。那么，这歌声到底是从哪里来的？

德罗戈琢磨着这件怪事，看了看站在一旁的哨兵，下意识地说出了暗号："奇迹。""苦难。"哨兵回答说，并把枪放回了脚边。随后，一片死寂。回荡不绝的歌声在这片寂静中显得更加响亮了。

德罗戈终于明白了，他感到一股寒意从脊背掠过。原来那是水声，远处有一片瀑布正顺着附近的崖顶倾泻而下。吹动着滔滔水流的风声、神秘莫测的回声，以及流水冲刷石头发出的混响声，共同形成了一种类似人声的音色，仿佛正在低诉着我们生活中的话语，让人觉得自己似乎可以听得懂，实则却永远无法理解。所以，一直在哼唱的并不是那位士兵，也不是感受到了寒冷、惩罚或者爱意的人，原来一直是那阴郁险恶的大山。这是一个多么可悲的误会啊，德罗戈想，也许一切都是如此，还以为周围会有同类，但其实只有满目冰霜和不知所云的石头。就像是我们正要向朋友打招呼时，手臂却无奈地收了回来，笑容也渐渐消失，因为我们发现自己其实只是孤身一人。

风吹着他华丽的披风，就连映在雪地上的蓝色阴影也像旗帜一样飘动着。哨兵一动不动地站岗。月亮缓缓地移动，片刻不停，急切地迎接着黎明的到来。德罗戈感到，自己的心在怦怦怦地狂跳着。

第十一章

　　大概两年后的一天晚上，德罗戈睡在城堡内的宿舍里。如今已经过去二十二个月了，没有任何新鲜事发生。他一直在静静地等待着，觉得生活对他会有特殊的厚待。二十二个月很久，久到很多事情都可能发生：可能有人组建了新的家庭，孕育了孩子，孩子甚至开始牙牙学语；可能有人已经在荒草地上盖起了大房子；美丽的女人可能已经开始慢慢变老，不再有人对她感兴趣；可能有人染上了疾病，或许是慢性病（但还在继续无忧无虑地生活着），身体慢慢地被吞噬，短暂的恢复后又急转直下，扼杀掉最后的希望，之后被埋葬，被遗忘；可能那人的儿子已经重获笑容，傍晚时分带着女孩们漫步在林荫大道上，却没有发觉这条大道就在墓地的栅栏旁。

德罗戈的生活仿佛是一潭死水。同样的每一天，同样的事情，已经重复了无数次，却没有向前迈出任何一步。时间之河在城堡上方流淌而过，撞裂了城墙，冲积了灰尘和碎石，也磨平了台阶和铁链，但在德罗戈身上却没有留下任何痕迹，他并没有被时间之河裹挟着一起流逝。

如果德罗戈不是在做梦的话，那天晚上也和其他夜晚一样，他又变回了一个孩子，夜里站在了窗台上。

从这栋楼的一个深凹处望出去，在月光的映照下，他看到了一座富丽堂皇的宫殿的正面。年幼的德罗戈被一扇又高又窄的窗户吸引住了，窗户上方还饰有一个大理石华盖。月光透过玻璃窗射了进来，照到一张桌子上，桌面上铺着一块桌毯，还摆着一个花瓶和几尊象牙雕像。仅这几个可见的物件就能让人联想到，在黑暗的背后，会有一间宽敞的大厅，也可能只是众多大厅中的第一间，里面摆满了各式珍宝。整座宫殿都在沉睡，这是富裕又幸福之人的居所里才会有的那种安心而酣畅的睡眠。"多么幸福啊。"德罗戈想，"能够住在这样的大房间里，四处闲逛时还总能发现新奇的珍宝，这是多么幸福啊。"他所在的那扇窗户和这座恢宏的宫殿之间大约有二十米的距离，这之间，有一些缥缈的人影开始起伏舞动，如拖着轻纱的仙女一般，在月光下闪闪发光。

这些在现实世界中从未见过的却出现在梦里的景象，并没有让德罗戈感到惊讶。她们在空中缓慢地舞动着，不停地掠过那扇又高又窄的窗户。

天性使然，她们似乎只绕着那座宫殿舞动，而根本不理睬德罗戈，也从不靠近他的房间，这让德罗戈有种被羞辱的感觉。如此说来，难道连仙女们也要避开普通的孩子，而仅仅关心那些连看都不看她们一眼，只顾着在丝幔下酣然入睡的富人吗？

"嗨……嗨……"德罗戈怯怯地唤了两三次，想吸引仙女们的注意，但他心里明白，这样做毫无用处。那些仙女们似乎都没听见，没有一个向他的窗台靠近过来，哪怕一米也没有。

但在那些奇幻的身影中，有一个精灵伸出一只手紧紧抓住对面窗户的边框，小心地敲打着玻璃，似乎在呼唤着什么人。

没过多久，一个瘦小的身影出现在了玻璃后面，与那扇高窗相比，那个人的身影显得多么渺小啊！德罗戈认出来了，那个人正是安古斯蒂纳，不过，他现在也还是一个小孩子。

安古斯蒂纳面色苍白，穿着天鹅绒上衣，领口镶有白色的花边，他似乎对这首无声的夜曲一点儿也不满意。

德罗戈以为，他的这位同伴会出于礼貌，邀请他一起和仙女们玩耍。但事实并非如此，安古斯蒂纳似乎并未注意到他，甚至当德罗戈呼唤"安古斯蒂纳！安古斯蒂纳！"的时候，他也没有把目光转向他。

安古斯蒂纳懒洋洋地打开了窗户，他朝悬在窗前的一个精灵俯下身，想要对它说些什么，他们看起来好像很熟悉的样子。随后，那个精灵做了一个手势，德罗戈顺着这个手势的方向看过去，看到了房前有一片相当荒芜的大广场。在广场上空，离地面大约十米高的地方，还有另外一支精灵小分队正抬着一顶轿子在空中飞行。

从表面看，轿子和它们有着相同的质感，上面挂满了轻纱和羽毛。安古斯蒂纳带着他标志性的表情，一脸不屑和厌烦地注视着正逐渐向他靠近的轿子。显然，这顶轿子是为他准备的。

这种不公平让德罗戈感到很伤心。为什么这一切都是为安古斯蒂纳准备的，而自己却什么都没有？只能忍耐了。可是，安古斯蒂纳却总是那么傲慢，那么狂妄自大。德罗戈望向其他窗户，想看看还有没有人站在他这边，但一个人也没看到。

最后，轿子停了下来，摇摇晃晃地停在窗前，所有的精灵都围在轿子旁边，形成了一个闪动的光环。它们都向安古斯蒂纳靠拢，但不再是带着献媚的态度，而是带着贪婪的、近乎邪恶的好奇心。轿子独自悬在空中，仿佛在被无形的线吊着。

突然间，德罗戈的炉火熄灭了，因为他明白了到底发生了什么事。他看到安古斯蒂纳站在窗边，紧盯着轿子看。是的，仙女的使者们今晚是来找他的，但不知道要把他带到哪里去！由于要长途跋涉，所以才带着轿子来。他们此去，天亮前是不会回来的，第二天晚上也不会回来，甚至第三天晚上也不会回来，可能永远也不会回来了。宫殿里的这些大房间，在徒劳地等着主人的归来。一个女人伸出双手，小心翼翼地关上离去之人还没来得及关好的窗户，其他的窗户貌似也都关上了，把哀恸和悲伤隐入了一片黑暗之中。

这些精灵如今显得可爱了起来，因为它们不是来和月光玩耍的，也不是从芬芳花园里走出来的天真生物，它们其实来自地狱深渊。

其他的小孩子可能会哭叫，可能会喊妈妈，但安古斯蒂纳并不害怕，他平静地与精灵们闲谈着，似乎在了解某些需要提前明确的程序。精灵们紧紧地围在窗口，就像一圈层层叠叠的泡沫，挤向了这个幼小的孩子。他点了点头，好像在说：好吧，好吧，这一切我都同意。率先靠在窗台上的那个精灵或许是一名领队，最后由它做了一个威严的手势。安古斯蒂纳还是那一副厌烦的表情，他爬上窗台（这时他变得如那群精灵一般轻松了），坐进了轿子里，跷着二郎腿，看起来很阔气。随后，这群精灵在轻纱摇曳之间四散开来，这顶有魔力的轿子也动了起来，开始向远处缓缓驶去。

它们的队列整齐划一，在到达楼房的凹处时变成了一个半圆形队列，然后向着月亮的方向升上了天空。当它们在变换队列的时候，这顶轿子还经过了德罗戈的窗前，相距只有几米远，德罗戈挥舞着手臂，竭力呼喊着"安古斯蒂纳！安古斯蒂纳！"，致以最后的告别。

这时，这位逝去的朋友终于把头转向了他，盯着他看了一会儿，德罗戈发现他一脸严肃，这种表情对于这么小的孩子来说的确过度了。但随后，安古斯蒂纳的脸上又逐渐露出一抹会心的微笑，好像德罗戈和他能够理解许多精灵们所不知道的事情。又好像是在同德罗戈开玩笑，要抓住这最后一个机会来表明他不需要任何人的同情，似乎是在说，这不过是一个小插曲，如果你对此感到吃惊就太蠢了。安古斯蒂纳乘着轿子远去了，他把目光从德罗戈身上移开，把头转向了前方，看向了整个队列的方向，流露出了一种既好奇又警惕的神情。这是他第一次尝试玩这个，他不太喜欢，但出于礼貌，又无法拒绝。

就这样，他以近乎非人的高贵姿态走入了夜色中。没有多看一眼他的宫殿，没有多看一眼下方的广场，没有多看一眼其他的房舍，也没有多看一眼他曾经生活过的这座城市。整个队列缓缓地蜿蜒行进着，升到天空中，越来越高，变成了一条模糊的行迹，然后又变成一缕淡淡的烟雾，到最后就消失不见了。

那扇窗还一直开着，月光依然照在桌面、花瓶和象牙雕像上，一切还在继续沉睡着。另一个房间里，在摇曳的烛光下，也许还有一具已无生命气息的小小躯体躺在床上，他的脸很像安古斯蒂纳，穿着天鹅绒上衣，领口还镶着花边，苍白的嘴唇上挂着微笑。

第十二章

第二天，德罗戈带队到新棱堡值班。

新棱堡是一座独立的堡垒，距离城堡有四十五分钟的路程，它建于一座锥形山体的顶部，正对着鞑靼人沙漠。这是最重要的一个驻地，完全与世隔绝，所以一旦有任何危险靠近，这里必须要拉响警报。

傍晚时分，德罗戈带领约七十名士兵从城堡出发了，之所以需要这么多士兵，是因为这里光哨位就有十个，另外还有两个炮位。这是他第一次踏上山口的另一侧土地，实际上已经到达边界之外了。

德罗戈虽然没有忘记自己带队的职责，但更多的是在思索那个关于安古斯蒂纳的梦。这个梦在他的内心深处留下了难以忘怀的回响。虽然他不是特别迷信的人，但他觉得这一定与未来的某些事情有着些许朦胧的联系。

他们到达了新棱堡，换岗后，下岗的士兵们即将返程，德罗戈站在平台边沿上，目送他们穿过满目的沙石离开了。远方的城堡看起来像是一堵很长的围墙，这围墙很简陋，可能后面什么也没有。从这里望过去，也无法看到那边的哨兵，毕竟相隔太远。只能偶尔看到随风飘动起来的旗子。

未来的二十四小时里，德罗戈是这座孤零零的堡垒中唯一的带队军官。无论发生什么事，他都无法寻求到帮助。即使是敌人来了，他们也只能独立抗敌。身处这些围墙之间的二十四小时里，就连国王本人也不如德罗戈的地位重要。

在等待夜晚降临的时间里，德罗戈一直在眺望着北方的那片荒原。过去从城堡的方向望过去，由于前面有山的遮挡，他只能透过一些缝隙看到一小块三角形区域。而现在，他可以看到整片荒原，一直延伸到地平线的尽头，那边通常是一片茫茫雾气。眼前是一片沙漠，遍地石砾，远近之处点缀着一些低矮的灌木丛，灌木上积满了尘土。在右侧很远的地方，有一条黑色的地带，可能是一片森林。

两边则是陡峭连绵的山脉。直立的山壁无边无际，山顶被初秋的积雪染成了白色，格外美丽。然而，却没有人欣赏这样的景色。德罗戈和所有士兵，他们每个人都出于本能般地向北方看去，看向那片荒凉、无谓而又神秘莫测的荒原。

不知是因为想到自己将独自在这座堡垒带队指挥，还是因为看到了这片渺无人烟的荒原，抑或想起了那个关于安古斯蒂纳的梦，随着夜幕降临，德罗戈感到一种隐隐不安的气氛在他周围滋生。

这是十月的一个傍晚，天气阴晴不定，不知道从哪里反射过来的微红色光斑散落在大地上，然后被黄昏过后的铅灰色光线逐渐吞没。和往常一样，每到黄昏时分，德罗戈的内心就会感受到一种诗意的兴奋。这是充满希望的时刻。

他又开始沉浸于他的英雄幻想之中，这些幻想是他在数次漫长的值班过程中构筑起来的，而且每天都会增添一些新的细节来不断完善。他通常会幻想一场鏖战，他独自一人带领寥寥可数的士兵，与无数敌军展开殊死搏斗。就像这天晚上，他正想象着新棱堡已被成千上万的鞑靼人围困。他拼死反抗数日，几乎所有战友都已死伤殆尽。一颗子弹也打中了他，伤势不轻但并无大碍，他仍然能够坚持指挥。现在子弹快要打光了，他头上缠着绷带，依然奋力率领最后一批士兵突围，后来援军终于赶到，敌人便溃不成军，转头逃跑。德罗戈筋疲力尽，抱着血淋淋的军刀倒下了。有人一边喊着"德罗戈中尉、德罗戈中尉"，一边摇晃着他，想让他苏醒过来。德罗戈慢慢睁开双眼，看到了国王陛下正俯身夸赞自己是"好样的"。这是充满希望的时刻，他沉浸在这样的英雄故事里，这些故事可能永远都不会成真，但依然给他的生活带来莫大的激励。有时候，他的幻想可能会简单很多，他不会把自己打造成唯一的英雄，也不会想象自己会受伤，甚至会放弃国王陛下称赞他是个英雄的桥段。说到底，这是一场纯粹的战斗，只有一场，但意义非凡。他会身穿威武的军装冲锋陷阵，当他冲向软弱的敌军时，可以面带微笑。他想要的就是这样一场战斗，在这之后，他会觉得自己此生无憾了。

但在今晚，要想成为英雄却并不容易。黑暗已经笼罩了整个世界，北方荒原一片黯淡，但尚未沉睡，仿佛隐藏着什么可怕的事情。现在已经是晚上八点钟了，天空中阴云密布，这时，德罗戈似乎看到了一个小黑点在右侧的平原上移动，就在堡垒的下方。"一定是因为我的眼睛累花了。"他想，"当我眼睛疲劳的时候，如果用力看东西，就会看到黑点。"

同样的情况他之前也遇到过一次，那是他还年轻的时候，当时他在熬夜学习。此刻，他试着闭上眼睛，休息片刻后再睁开，然后看向周围的物体。他看到了一个应该是用来冲洗这片平台的水桶，一个固定在墙上的铁钩，还有一条长凳，想必是他上一岗的军官搬到上面来坐着休息的。过了几分钟，他再次向下望去，望向他刚才看到黑点的地方。然而，黑点还在那里，缓慢地移动着。

"特隆克！"德罗戈激动地喊道。

"您请讲，中尉先生。"特隆克立即回应了他，声音就从耳畔传来，把他吓了一跳。

"啊，您在这儿？"他说着，然后吸了一口气，"特隆克，我不想搞错，但我好像……好像看到下面有什么东西在移动。"

"是的长官。"特隆克平静地回答道，"我已经观察它好几分钟了。"

"什么？"德罗戈问道，"您也看到了吗？您看到了什么？"

"我看到了那个正在移动的东西，中尉先生。"

德罗戈顿时感到热血沸腾。他想，终于来了，他完全忘记了自己对战争的幻想，这种事真的发生在自己身上了，现在，要出大事了。

"啊，您也看到了？"他又问了一遍，荒唐地希望对方会否认。

"是的长官。"特隆克说道，"差不多有十分钟了。我下去看了看清洗大炮的进展，然后上来就看到了。"

两人都陷入了沉默，对特隆克来说，这也是一件奇怪而令人不安的事。

"您说这会是什么呢，特隆克？"

"我也不知道，它移动得太慢了。"

"太慢是什么意思？"

"是的，我想可能是芦苇的苇絮。"

"苇絮？什么苇絮？"

"下面有一片芦苇荡。"他向右边做了个手势，但并无用处，因为黑暗中什么也看不见，"这些植物每到这个季节就会长满黑色的苇絮。有时风会把它们吹走，由于重量很轻，所以会随风飘动，看起来就像一团团烟雾……但这似乎不太可能。"他顿了顿又补充道，"因为苇絮会飘得更快。"

"那会是什么呢？"

"我不知道。"特隆克说道，"如果是人的话就太奇怪了。他们本应从另一个方向上来。而且现在还在不停地移动，真是无法理解。"

"警报！警报！"就在这时，附近的一个哨兵喊了起来，然后另一个哨兵也喊了起来，再然后又是另一个。他们也都发现了那个黑点。其他没有站岗的士兵立即从堡垒里面冲了出来，挤到了护栏边，他们既好奇又有些害怕。

"你没看到吗？"一个人说道，"对，就在这下面。现在它停住了。"

"可能是雾吧。"另一个人说道，"雾里有时会有孔洞，你透过孔洞能看到雾后面的东西。看起来像是有人在动，但其实可能只是雾里有孔洞。"

"是的，是的，我现在看到了。"又有人说道，"那里一直都有个黑色的东西，是块黑色的石头，就是它。"

"哪里是什么石头啊？你没看见还在动吗？你眼睛瞎了吗？"

"就是一块石头，我告诉你。我一直在盯着它，是一块像修女一样的黑石头。"

有人笑了出来。"快离开这儿，马上回屋里去。"特隆克出面干预了，以免他们再加深中尉的不安情绪。士兵们不情愿地回去了，一切又重回寂静。

"特隆克，"德罗戈不知道如何做决定，于是突然问道，"您想发警报吗？"

"您指的是给城堡发警报？您要开一枪吗，中尉先生？"

"呃，我也不确定。您觉得我们应该发警报吗？"

特隆克摇了摇头，说："我想，再等等为好。如果我们开枪了的话，肯定会引起城堡那边的骚动。万一之后什么事情都没发生呢？"

"也是。"德罗戈同意道。

"另外，"特隆克补充说，"这样做也不合规。因为条例规定，只有在受到威胁的情况下才能发警报。明文是这样写的，'在受到威胁、出现武装部队，以及可疑人员靠近城墙一百米范围内的情况下'，就是这样规定的。"

"哦，是的。"德罗戈表示同意，"那个东西还在百米开外，对吧？"

"我也这么认为。"特隆克赞同道，"而且怎么能说那是一个人呢？"

"那您觉得那是什么呢，一个鬼魂吗？"德罗戈有点儿恼怒地问道。

特隆克没有再回答。

夜色茫茫，德罗戈和特隆克靠在护栏边，眼睛直直地盯着下方，盯着鞑靼人沙漠的起点。那个神秘的黑点一动不动，像是沉睡了一样，渐渐地，德罗戈开始觉得那边真的什么也没有，只有一块像修女一样的黑色巨石。是他自己的眼睛看花了，不过是因为有些累了，没有别的原因，这只不过是一个愚蠢的幻觉。现在，他甚至隐隐约约感到了一丝痛苦，就像是，命运的决定性时刻从我们身边经过了，却没有降临在我们身上，就这样又轰隆隆地远去了，消失得无影无踪，而我们却孤身留在枯叶堆旁，为错失这个可怕却伟大的机会而深感懊悔。

然而，随着夜色渐深，阴森的气息从黑暗的山谷中传来。夜晚的脚步逐渐临近，德罗戈愈发感到自己的渺小和孤独。特隆克与自己太不一样了，所以很难把他当作朋友。哦，如果自己的身边有志同道合的伙伴，哪怕只有一个，情况也会大不相同。至少德罗戈还愿意和他开开玩笑，这样等待黎明到来的时间里也不至于这么痛苦。

此时，这片荒原上开始涌现出一团团浓雾，就像是在黑黢黢的海面上形成的一片苍白色的群岛。其中一个就在这座堡垒脚下，遮住了那个神秘的物体。空气愈发潮湿，德罗戈肩上的披风变得软塌塌的，而且很重。这是多么漫长的一夜啊。

当天边开始泛白，阵阵寒风宣告黎明已经不远时，德罗戈已经不抱希望了。此时，一阵睡意袭来。德罗戈靠在平台的护栏边站着，两次垂下了头，两次又抬了起来，最后无力地放弃了，眼皮也沉得抬不起来。这时，新的一天来临了。

德罗戈猛然醒来，因为有人推了推他的胳膊。当他慢慢从梦中清醒过来时，被眼前的光亮惊呆了。有一个声音传来了，是特隆克在对他讲话，他说："中尉先生，那是一匹马。"

这时，他想起了自己的生活、城堡、新棱堡和那个神秘的黑点。他立刻低头向下看去，急切地想知道是怎么回事，但他又希望，除了石头、灌木丛和这片荒原，其他什么也看不到，一切可以像它一直以来的样子，孤独而空旷。

然而，特隆克的声音重复道："中尉先生，那是一匹马。"德罗戈看到了那匹站在悬崖脚下的马。那确实是一匹马，个头不大，又矮又壮，却长着细瘦的腿和飘逸的鬃毛，因而显得异常俊美。它的外形有些奇异，但最奇异的是它的毛色，黑得油亮，点缀了整片风景。

它从哪里来？它的主人是谁？多年来，除了几只乌鸦或几条草蛇，没有任何生物踏足过这里。然而现在，一匹马出现了，而且一眼就能看出来，这匹马不是野生的，而是经过精挑细选的一匹马，一匹真正的战马（或许只是四条腿有点儿太细了）。

这是一件非比寻常的事情，甚至令人不安。德罗戈、特隆克、哨兵们，还有其他从楼下的射击孔里向外观察的士兵们，都在目不转睛地盯着它。那匹马打破了常规，让人想起了北方古老的传说，想起了鞑靼人和那些战争，它出现在这整片沙漠上完全不合逻辑。

就这匹马本身而言，其实并不意味着什么，但通过它，可以看到一些背后的信息。马鞍看上去十分整洁，似乎不久前刚被人骑过。所以，一定有什么故事还未揭晓，昨天还觉得荒谬可笑的迷信想法，如今看来，可能是真的了。德罗戈觉得他听到了那些人的声音，那些神秘的敌人——鞑靼人，他们潜伏在灌木丛和岩缝中，一动不动，紧咬着牙关，悄无声息。他们在等待天黑的时候发动攻击。更多鞑靼人部队正在路上，一拨危险的大部队将从北方的浓雾中慢慢涌现。他们不会演奏音乐，也不会唱响战歌，他们没有闪亮的刀剑，也没有威武的旗帜。他们的武器颜色暗哑，不会在阳光下闪耀出光芒，他们的战马也训练有素，不会随意嘶鸣。

不过，正是这匹小马让身处新棱堡的士兵们有了初步想法——这是一匹从敌方逃脱的小马，跑到这里出卖了他们。敌方可能并未察觉，因为这匹马是在夜里逃离了军营。由此可以说，这匹马带来了无比宝贵的信息。但它比敌人的大部队早到了多久呢？一直到晚上，德罗戈都不能通知城堡的司令部，但与此同时，鞑靼人随时都可能赶到。

那么，现在要发警报吗？特隆克说不应该发警报。他说，那毕竟只是一匹马。这匹马跑到堡垒脚下，可能意味着它是单独来到这里的。也许它的主人是一个猎人，贸然骑马闯入这片荒原，结果突然死了，或者病了。这匹马孤零零的，为寻求安全，认为城堡这边会有人，可能正等着人给它送草料呢。这样的推测确实会让人怀疑到底会不会有大批的敌军正在逼近。毕竟在如此荒凉的地方，一匹马有什么理由逃离军营呢？此外，特隆克还说，他听说鞑靼人的战马几乎都是白色的，甚至在城堡房间里挂着的一幅古画上，也能看到鞑靼人骑着的都是白色的骏马，而眼前的这匹马却像煤炭一样黑。

于是，德罗戈犹豫再三，决定先等到傍晚再定夺。与此同时，天空开始放晴，阳光照亮了大地，士兵们的心情也明媚了起来。德罗戈也被这澄澈的阳光照得神清气爽。他逐渐淡忘了关于鞑靼人的幻想，一切都恢复正常。这不过是区区一匹马而已，它的出现可以有许多种解释，而不必归之于敌人即将入侵。因此，他忘却了夜里的恐惧，突然觉得自己愿意去进行任何冒险，他满心欢喜地预感到，他的命运即将到来，这种好运将使他超越其他人。

德罗戈为亲自发现了值班过程中最细微的信息而感到沾沾自喜，似乎是要向特隆克和士兵们表明，这匹马的出现虽然奇怪又令人不安，但他完全不担心，他觉得自己这样极具军人气概。但其实，士兵们一点儿也不害怕，他们把这匹马当成了笑料，如果能抓住它，把它当作战利品带回城堡去，他们会非常激动的。其中一个士兵甚至去请求特隆克中士的允许，但中士只是瞪了他一眼，似乎在说不准拿公务开玩笑。

然而，在下面一层，就是两个炮位所在的那一层，一名炮手在看到了马之后非常激动。他叫朱塞佩·拉扎里，是个刚入伍不久的年轻人。他说，那匹马是他的，他完全认得出来，不可能认错，可能是他到城堡外饮马的时候不小心让它跑掉了。

"是菲奥科，是我的马！"他大声喊道，好像这匹马真的是他的，只是被人偷走了一样。

特隆克走到下面，立即制止了他的喊叫声，并严厉地向拉扎里解释，他的马是不可能逃走的，因为要想进入北部山谷，就必须翻越城堡的城墙或者翻过那些大山。

拉扎里回答说，他听说过一条小道，那是一条穿过悬崖的便道，已经废弃多年，没有人记得了。城堡里一直流传着众多神奇的传说，这确实是其中一个。但这肯定是胡说八道，因为从来没有人发现过那条密道的任何踪迹。城堡两侧绵延数公里的荒山也从未有人翻越过。

但这无法说服那位炮手，他一想到自己被关在堡垒里，不能把马牵回去，他就难以平静，毕竟一来一回只需要走半个小时的路。

同时，时间一分一秒地过去，太阳继续向西移动，哨兵们准时换岗，此时的沙漠显得比以往还要荒凉。那匹小马还站在原地，大部分时间一动不动，好像在睡觉，偶尔在周围游荡，寻找几片草叶来充饥。德罗戈眺望着远处，但没有发现任何新东西，依然是那些光秃秃的岩石、灌木丛，以及遥远北方那片因夜色将至而正在变色的雾气。另一支哨兵队前来换岗了。德罗戈和他手下的士兵们便离开了新棱堡，乘着傍晚紫罗兰般的暮色，踏上了返回城堡的碎石路。在抵达城墙脚下的时候，德罗戈为自己及其手下的士兵报上了暗号，城门开启。这支下岗的小分队来到一个小庭院当中，特隆克开始点名，德罗戈则去向司令部报告关于那匹马的事情。

依照规定，德罗戈先去找了负责巡查的上尉，然后同他一起到了上校那里。通常情况下，如果有什么消息，先去找副官就足够了，但这次的情况可能会很严重，因此绝不该浪费时间。与此同时，流言以闪电般的速度传遍了整座城堡。即使是距离最远的哨兵队里，也有人在讨论大批鞑靼人部队已在悬崖脚下安营扎寨的消息了。上校听过之后，只说了一句话："必须设法抓到这匹马，如果有马鞍的话，我们就可以知道它是从哪里来的了。"但如今这句话已经意义不大了，因为那位名叫朱塞佩·拉扎里的士兵在下岗的哨兵队返回城堡的路上，躲到了一块大石头后面，没有被任何人发现，然后他独自走到那片碎石路上，追上了那匹马，现在他正牵着马返回城堡。然而，他惊讶地发现，这匹马并不是自己的，但目前也别无他法。

直到走进城堡的时候，才有人发现拉扎里失踪了。如果被特隆克发现，拉扎里至少要被关好几个月的禁闭。必须要想办法救救他。因此，在特隆克中士点名期间，点到拉扎里的时候，有人替他回答了："到！"

几分钟后，队伍解散了，大家这时才想起来，拉扎里并不知道暗号。这已经不是关禁闭的问题，而是涉及性命的问题了。一旦他出现在城墙附近，守卫就会向他开枪，那就有大麻烦了。于是，两三名士兵前来找特隆克，努力寻求一个补救的办法。

然而，为时已晚。拉扎里牵着那匹黑马，已经靠近了城墙。而特隆克恰好在上面来回巡逻，他像是被一种模糊的预感驱使着。点名过后，特隆克中士就感到有些不安，但他不知道为什么，就是本能地感觉有些不太对劲。回顾当日一整天发生的事情，直至回到城堡，他都没有发现任何可疑之处。但在此之后，他好像察觉出了些许异样。是的，点名的时候肯定有些不正常，不过，这类小事时常发生，所以他当时也没有注意。

此时，城门的正上方正站着一名哨兵。在半明半暗的光线下，他似乎看到有两个黑影正踏着碎石路走过来。相距大约有两百米，哨兵并未在意，他还以为是自己产生了幻觉。很多时候，在荒无人烟的地方，经历了长时间的等待后，即使是大白天，也能看到像是人形的影子在灌木丛和岩石间晃动，像是有人在侦察一样，但前去查看后，会发现其实空无一人。

为了缓解紧张，这位哨兵开始环顾四周，他向右方三十多米外的另一名哨兵点了点头，然后正了正紧扣在额头上的大帽子，又把目光转向了左侧，看到特隆克中士纹丝不动，正严厉地盯着自己。

哨兵立刻清醒了过来，定睛看向前方，发现那两个黑影并非幻觉，那正是一名士兵和一匹马，如今已经很近了，应该只有不到七十米的距离了。随后，他端起步枪，准备扣动扳机，并用他在训练中重复了上百次的姿势僵硬地站好，然后大喊道："什么人，什么人在那边？"

拉扎里来这里服役的时间并不长，他根本没有意识到不知道暗号就回不来了这件事。他最多只是害怕自己会因未经允许就擅自离队而受罚。但谁知道呢，也许上校会因为他找回那匹马而宽恕他。那是一匹漂亮的马，一匹将军才配享有的骏马。

距离城堡只有大约四十米了。这匹马的四蹄踏在碎石路面上，铿锵作响。此时已近深夜，远处传来一阵号音。哨兵向他重复喊道："什么人？什么人在那边？"如果他喊到第三次的话，就必须开枪了。

哨兵第一遍问话时，拉扎里突然感到一丝不安。他觉得很奇怪，自己明明就是这里的一员，竟然被战友这样问话。但当他听到对方第二遍在问他是"什么人"的时候，他放心了，因为他辨认出那是同一个连队的战友的声音，他们亲切地叫他莫雷托。

"是我，我是拉扎里！"他喊道，"快叫队长来给我开门！我把这匹马带回来了！不要引起注意，他们会放我进去的！"

哨兵站在原地，端着步枪纹丝不动，在尽可能地拖延着时间，不想第三次问他是"什么人"，也许拉扎里自己会意识到现在的情况有多危险，也许他会掉头后退，也许他可以第二天重新加入新棱堡的哨兵队。但几米外的特隆克正严厉地盯着他。

特隆克沉默不语。他看了看哨兵，又看了看拉扎里，他很可能会因为这个过失而受罚。这样的目光是何用意呢？

117

拉扎里和那匹马距离城堡不到三十米了，再等下去就显得有失分寸了。而且拉扎里走得越近，就越容易被击中。

　　"什么人？什么人在那里？"哨兵第三次喊道，语气中隐含了一种私人之间的、不合军规的警告意味，言外之意就是："赶快离开，你难道想送死吗？"

　　拉扎里终于明白了，他想起了城堡里的军规铁律，瞬间变得不知所措。但不知道为什么，他非但没有逃走，还放开了马缰，只身向前走了过来，并用高亢的声音呼喊着："是我，我是拉扎里！你没认出我吗？莫雷托，莫雷托！是我啊！你端着枪干什么？莫雷托，你疯了吗？"

　　但他已不再是莫雷托了，现在的他，只是一个面色庄重的士兵，正缓缓举起枪，瞄准他的战友。他把枪举至肩头，用余光窥视着特隆克中士，默默地恳求他能做一个"算了吧"的手势。但特隆克却依然站在原地，严厉地盯着他。

　　拉扎里没有转身，他在碎石路上跟跟跄跄地后退了几步。"是我，我是拉扎里啊！"他大喊道，"你没认出我吗？别开枪，莫雷托！"

　　但他已不再是那个能与同伴们自在地开玩笑的莫雷托了，他现在只是城堡里的一名哨兵，身穿深蓝色粗呢军装，肩上斜挎着皮质子弹袋的哨兵。他与夜里的其他哨兵并无两样，只是一个已经瞄准并时刻准备扣动扳机的普通哨兵。

他感觉耳边传来一声怒吼，像是听到了特隆克嘶哑的声音在喊："瞄准！"但实际上，特隆克连一口气都没呼出。

步枪微弱地闪了一下，还冒出了一小团烟雾，这一枪起初听起来并不响亮，但随着回声不断传来，音量倍增。枪声在城墙间传来传去，久久回荡在空气中，最后如轰隆隆的雷鸣一般消失在远方。

现在，任务完成了，哨兵把枪放到了地上，从护栏探出身子向下望去，希望自己没有击中拉扎里。黑暗中，他发现拉扎里并没有倒下。是的，拉扎里还在站着，马正在向他靠近。

这时，在枪声过后的寂静中，传来了拉扎里的声音，那声音是多么绝望："哦，莫雷托，你把我杀死了！"拉扎里说完这句话，就慢慢地向前倒在了地上。特隆克一动不动，脸上的表情难以捉摸。而此时，战争的狂热气氛已经传遍了城堡内每一个崎岖的角落。

第十三章

　　那个值得铭记的夜晚就这样开始了，狂风肆虐吹过，灯火摇曳，号角声不绝于耳，走廊里传来阵阵脚步声。从北方飘来的云急匆匆地聚到了山顶附近，不断盘旋，留下一些细碎的痕迹，却没有时间停留，似乎有什么极为重要的事情在召唤着它们。

　　只需一声枪响，一发小小的子弹制造出来的枪响，整座城堡便苏醒了。多年来，尽管他们总是在竭力地望向北方，期待听到战争爆发的声音，但其实只有一片死寂，这里已经沉默太久了。如今，一支步枪开火了，以规定的火药剂量和三十二克重的子弹发出了它的声响，所有人面面相觑，仿佛这就是他们所期待的那个信号。

今晚，除了少数几个士兵以外，一定没有人提起那个隐藏在所有人心中的名词。军官们宁愿保持沉默，因为那正是他们的希望所在。为了抵御鞑靼人，他们筑起了城堡的围墙，把生命中大部分时光都耗费在了这里。同样是为了抵御鞑靼人，哨兵们像上了发条一样日夜不停地巡逻。有人每天早晨都会因抱有这一希望而信心倍增，有人会把这一希望深藏心底，也有人甚至不知道自己是否依然抱有这一希望，还以为早就已经破灭了。不过，没有一个人有勇气说出来，仿佛那是个凶兆一样。而且最重要的是，说出来这一行为就像是在袒露内心真实的想法，军人们往往羞于这样做。

到目前为止，只是死了一名士兵，还剩下一匹来历不明的马。在朝北的那扇大门门口，也就是不幸事件发生的地方，哨兵队里出现了一片骚动。尽管这并不合规，但特隆克也在那里，他心神不宁，想到了自己可能会因此受罚，因为这件事的责任在他，他本该阻止拉扎里偷偷离队，也本该在回到城堡点名时立刻意识到他没有应声。

现在，马蒂少校也来了，他急于展现出自己的权威和能力。他的表情很奇怪，让人看不透，甚至还给人一种他正在微笑的感觉。显然，他对这件事已经全盘了解了，他命令正在该哨点值班的蒙塔纳中尉把那名士兵的尸体运走。蒙塔纳是个很木讷的军官，也是城堡里资历最老的中尉。如果他没有那枚硕大的钻戒，如果他棋下得不好，根本不会有人知道他的存在，毕竟他无名指上的那颗钻石实在大得出奇，而且也很少有人能在棋艺上战胜他。但是，在马蒂少校面前，他着实是战战兢兢的，在殓尸这么简单的事情上都表现得手足无措。

幸运的是，马蒂少校看到了站在角落里的特隆克中士，便叫住了他："特隆克，既然你在那里无事可做，就带人过去处理一下吧！"

马蒂的语气极为自然，就好像特隆克只是一名普通士官，与这一事件毫无关系一样。这是因为马蒂不擅长直接训斥，这样还会气得他脸色发白，说不出话来。他更喜欢使用更加严厉的调查武器，那就是派不近人情的审讯者留下笔录，这样，最微小的过错都可以被无限地放大，相关人员总是可以受到应有的惩罚。

特隆克眼睛眨也不眨一下地回答道："好的，长官。"然后匆匆走到大门后的那个小庭院当中。很快，在灯火的照耀下，他带着一小队人马走出了城堡。特隆克走在最前面，后面是四名抬着担架的士兵，为了以防万一，还有另外四名士兵带上了武器，最后是马蒂少校本人，他披着一件褪了色的披风，挎着军刀走在了碎石路上。

他们到达拉扎里身边时，发现他已经断了气，脸贴在地上，胳膊向前伸着。肩上的步枪在他倒下时恰好被夹在了两块石头之间，枪托朝上，笔直地竖立着，看起来十分诡异。拉扎里摔倒时，一只手受了伤，在他的尸体冷下来之前，还有鲜血流了出来，把一块白色的石头染上了血迹。而那匹神秘的马，早已不知去向。

特隆克俯下身来，想从背后抓住尸体，但又猛地缩回了手，似乎意识到自己这样做是违规的。"把他抬起来。"他用低沉又无礼的口气给士兵们下达了命令，"先把他的步枪取下来。"

一名士兵弯下腰想伸手解开步枪的肩带，便把灯笼放在了尸体旁的一块石头上。拉扎里没有来得及合上双眼，眼白部分还映射出灯笼的微光。

"特隆克。"此时，站在暗处的马蒂少校叫了他一声。

"您请下令，少校先生。"特隆克立正回答道，士兵们也停了下来。

"事情是在哪里发生的？他是在哪里逃跑的？"少校似乎是出于一种无聊时的好奇，拖长了声音问道，"是在泉水那边吗？就是那些大石头附近？"

"是的，就是在大石头那边。"特隆克回答道，没有再多讲话。

"他逃跑的时候没有人看到吗？"

"是的，长官，没有人看到。"特隆克回答道。

"在泉水边，对吧？那里光线很暗吗？"

"是的，长官，非常暗。"

特隆克凝神等待了片刻，马蒂没有再讲话，他示意士兵们继续干活。一名士兵试图把步枪背带解下来，但搭扣非常牢固，需要他费些力气。他一边拉扯着，一边感受到了尸体的重量，那重量和尸体大小并不成比例，像铅块一样重。

取下步枪后，两名士兵小心地将尸体翻了过来，使其面部朝上。现在可以看清楚拉扎里的脸了。他嘴巴紧闭着，面无表情，眼睛半睁半闭，一动不动，并没有映射着灯火的光亮，而是散发着死亡的气息。"正好在额头上？"马蒂问道，他很快发现拉扎里鼻子正上方有一小处凹陷。

"您说什么？"特隆克没听明白。

"我说：正好击中了额头？"马蒂有些不耐烦了，因为他不得不再问了一遍。

特隆克举起灯笼，照亮了拉扎里的脸，他也看到了那个小凹陷，他本能地伸出一根手指，似乎想摸一摸。但立刻又不安地缩了回来。

"我想是的，少校先生，正是在额头中间。"（既然他这么感兴趣，为什么不亲自来查看一下尸体呢？为什么要问这些愚蠢的问题？）

士兵们也感受到了特隆克的尴尬，于是埋头干活。两个人抬起尸体的肩膀，另外两个人抬起双腿。拉扎里的头部失去支撑，可怕地向后耷拉了下来，因死亡而僵住的嘴巴，此时似乎又张开了。

"开枪的人是谁？"马蒂再次问道，依旧站在黑暗中一动不动。

但此时，特隆克并没有留心他的问题，而是专心盯着那具尸体。"把他的头抬起来！"他愤怒地命令道，仿佛死者就是他自己。

然后，他才意识到马蒂刚刚问话了，于是立刻打了个立正。

"请您原谅，少校先生，我……"

"我刚刚在问，"马蒂少校一字一句地重复着，如果他现在还没有失去耐心的话，一定是看在死了人的分上，"我刚刚在问：开枪的人是谁？"

"他叫什么名字，你们知道吗？"特隆克低声问士兵们。

"他叫马尔泰利。"有一名士兵回答道,"乔瓦尼·马尔泰利。"

"他叫乔瓦尼·马尔泰利。"特隆克大声回答道。

"马尔泰利。"少校自言自语地重复道。(这不是他第一次听到这个名字,马尔泰利一定是射击比赛的获奖者之一。射击学校是马蒂自己创办的,那些最优秀的射手们的名字他都记得。)"或许他就是大家口中的'莫雷托'吧?"

"是的,长官。"特隆克立正回答道,"我记得大家都叫他'莫雷托'。您知道的,少校先生,战友之间……"

他这么说是想为他开脱,想要表明马尔泰利没有任何责任,如果大家叫他莫雷托,那也不是他的错,确实没有理由惩罚他。

但其实,少校根本没打算要惩罚他,甚至连想都没想过。"啊,'莫雷托'!"他大喊了一句,毫不掩饰自己的得意。

特隆克中士用冷峻的目光盯着他,终于想通了。"是的,就是这样的。"他想,"反倒该给他一个奖赏,这个坏蛋,因为他这一枪开得好。正中目标,不是吗?"

正中目标,胜券在握。这也正是马蒂在想的事情(他还想着,莫雷托开枪的时候,天都已经黑了。很好,所有他培养出来的射手都太出众了)。

特隆克这时怨恨起马蒂了。"是的，就是这样的，你就大声说出来你很高兴吧。"他想，"拉扎里死了的事，你在乎吗？去夸奖你的莫雷托吧，去给他一个大奖吧！"

的确如此，少校看起来心安理得，他高兴地大喊道："没错，莫雷托不会失手的。"就好像他在大声说着："真狡猾，拉扎里还以为莫雷托瞄不准，觉得自己这样就能逃脱。结果拉扎里怎么样了？这样一来他就知道莫雷托是个怎样的射手。至于特隆克？他或许也希望莫雷托能失手（这样只需要关他几天，一切就都过去了）。"

"啊，是的，是的。"少校还在重复着，完全忘记了自己面前还有一具尸体，"真是个神枪手啊，莫雷托！"

最后，他终于不说话了。特隆克中士可以转过身来，看着他们是如何把尸体运到担架上的。此时，尸体已经被安放好了，上方还盖着一层野营毯，只有两只手露出来，那是两只农民的大手，看起来还留有一些鲜红的血色。

特隆克点了点头，士兵们抬起了担架。"我们可以走了吗，少校先生？"他问道。

"不然你还在等谁？"马蒂厉声回答道，着实感到吃惊，他已经感受到了特隆克的恨意，想用他作为上级的蔑视来加倍地反击他。

"前进。"特隆克下令。他本该说，齐步走，但如今这样说在他看来像是种亵渎。直到现在，他才看向了城堡的围墙，城墙边沿上站着哨兵，灯笼的微光隐隐约约地映照着他们。在围墙后面的宿舍里，拉扎里的床铺还在，他的小房间里摆着他从家里带过来的东西：一幅圣像、两穗玉米、一支火镰、几块彩色手帕，还有四颗宴会服上的银纽扣，这是他的祖父留下来的，如今在城堡里，再也没有机会用上了。

床铺的枕头上可能还留有他枕过的痕迹，和两天前他醒来时一样。除此之外，可能还会有一小瓶墨水——特隆克在心里继续想着，即使是一个人思考时，他也一丝不苟——还有一小瓶墨水和一支钢笔。所有这些都会被放在一个包裹里，连同上校的一封信一起寄回他的家中。而其他的物品，包括用来换洗的上衣，都是政府配发的，自然会转送给其他士兵来用。但漂亮的军装不包括在内，步枪也不会。步枪和军装会和拉扎里一起埋葬入土，这是城堡的老规矩。

第十四章

　　黎明时分，天刚蒙蒙亮，新棱堡的哨兵们就发现北部的荒原上有一小条黑色带状物体，形状细长，一直在移动，这不可能是幻觉。第一个看到的是哨兵安德罗尼科，然后是哨兵彼得里，接着是巴塔下士，他一开始还觉得可笑，再后来，连马代尔纳中尉也看到了，这位中尉是今天在新棱堡的带队军官。

　　一条黑色的带状物体从北方而来，正在穿过荒无人烟的平原，这听起来似乎是一个荒唐的奇观，尽管之前在夜里的时候，城堡周围已经出现一些不祥的预兆了。那是大约六点钟的时候，哨兵安德罗尼科率先警觉地呼喊了起来。有什么东西正在从北方逼近，这在大家的记忆中是从未有过的事。光线明亮之处，能看到正在前进的那队人马，在白色沙漠的映衬下非常醒目。

几分钟后，就像这么久以来他每天早上都会做的那样，裁缝普罗斯多奇莫爬到城堡的屋顶上看了看（他最开始是满怀希望的，后来只有不安，现在纯粹是出于习惯了）。依照惯例，哨兵队会给他放行，他会观望他们来回巡逻，并和值班的士官聊上几句，然后再下楼回到他的地下室里。那天早上，他远眺着那一小块可见的三角形平原，觉得自己好像已经死了。他觉得这不可能是梦。因为在梦中，总是会有荒诞不经、令人困惑的事情，人们无法摆脱那种模糊的感觉，总是会觉得这一切都是假的，终有一天会醒来。在梦中，事情永远不会像那片荒原一样清晰而具体，而如今，正是在那片荒原上，有大批来历不明的人在向这边靠近。

这一切真的很奇怪，与他年轻时候的一些胡思乱想如出一辙，以至于普罗斯多奇莫认为这不可能是真的，是自己已经死了。

他认为自己已经死了，认为上帝已经原谅了他。他以为自己正身处九泉之下的世界，那里似乎和我们现在的这个世界一模一样。只不过，在那里，好事都会如愿发生，而在实现愿望之后，人们的灵魂会心满意足，得到安宁，而不是像在这里，即使是最好的日子，也总有一些东西在侵害着他。普罗斯多奇莫认为自己已经死了，他一动不动，以为自己像死人一样再也不能动了，然而此时，一股神秘的外力将让他清醒过来。

其实也并非什么神秘的外力，只是一名中士罢了。这名中士恭敬地碰了碰他的胳膊："上士先生，"他问道，"怎么了？您身体不舒服吗？"

普罗斯多奇莫这才清醒了过来。

这几乎就像在梦中一样，但比梦境更真实。有来历不明的人从北方那片王国向这边靠近了。时间过得很快，当他们凝视着这片非同寻常的场景之时，太阳已经照在了红色的地平线上，那些来历不明的人一点一点地在靠近，尽管速度非常缓慢。有人说，那些人里面有步行的，也有骑马的，他们列队前进着，还有人举着一面旗帜。一些人这样说后，其他人也自欺欺人地说他们同样看到了那些步兵、骑兵和那面飘扬的旗帜，以及一字排开的队列。但实际上，他们只是看到了一条细长的黑带在慢慢移动。

"是鞑靼人。"哨兵安德罗尼科大胆发言，仿佛是在傲慢地说着玩笑话，但脸色却像死人一样惨白。半小时后，位于新棱堡的马代尔纳中尉下令放一响空炮，以作警示。因为按照规定，当看到外国武装军队靠近时，需要鸣炮警示。

　　这里已经很多年没有听过鸣炮的声音了。城墙微微震动，轰隆隆的炮声缓慢散开，在崖壁之间阴沉地回响。随后，马代尔纳中尉转身看向了城堡平坦的轮廓，期待能看到那边出现一些骚动的迹象。然而，炮声并没有引起大家的惊慌，因为这些来历不明的人已经来到了中央堡垒视线可及的那片三角形平原上了，所有人都已经知晓这一情况。在最远的山洞中，也就是城堡最左侧靠着石壁的位置，那里有一间存放着灯笼和筑墙工具的地下仓库，就连看守这间仓库的士兵也听说了这个消息，但他正身处阴暗的地窖里，什么也看不见。因此他急切地等待着时间的流逝，等待着值班结束后可以到巡逻路线上看一看。

　　不过，一切一如往常，哨兵们仍在坚守岗位，在指定的巡逻范围内走来走去。文职人员照常在誊抄报告，笔落在纸上沙沙作响，还不时地在墨水瓶里蘸取墨水，节奏一如既往。但来历不明的人正从北方靠近，可以肯定，他们就是敌人。马厩里，男人们洗刷着牲口，厨房的烟囱炊烟袅袅，三个士兵在院子里清扫，然而，一种强烈而庄严的感觉已经隐隐约约地浮现出来了，这是一种精神上的巨大压抑感，仿佛一个伟大的时刻马上就要到来了，没有什么可以阻挡。

军官和士兵们深吸着清晨的空气，来感受体内的青春活力。炮兵们开始准备大炮，他们一边说笑着，一边像驯服野兽一样围着大炮工作着，并怀着些许担忧端详着它们。也许过了这么久，这些大炮的某些部件已经不能使用了，也许是过去的清洁工作也做得不够仔细，现在需要尽快进行修复了，因为不久以后，决定性的时刻就会到来。传令兵从未如此快速地跑上楼梯，军装从未如此齐整，刺刀从未如此锃亮，号角声也从未如此雄壮。这就是说，等待并非是徒劳的，这些年没有白费，这座古老的城堡终于派上了用场。

现在，大家都在期待着那一声特殊的号音，也就是士兵们从未听过的"重大警报"的信号。之前为了不让号音传到城堡里引发误会，号手们的演习都是在城堡外一个僻静的小山谷里进行的。他们在静谧的夏日午后，练习这个无人不晓的信号，当时更多的是出于过度的热情（没人真的认为这会用得上），但现在他们却为自己技艺不精而感到懊悔，因为这是一个很长的琶音，一直升到一个高音，一不小心就会跑调。

只有城堡的司令官才能下令吹响这一号音，现在每个人都想到了他，士兵们在等着他到城墙上从头到尾地视察一遍，他们仿佛已经看到他脸上带着自豪的微笑走了过来，满意地注视着每一个人。对他来说，今天一定是个好日子，毕竟，他的一生不就是在等待这个机会吗？

另一边，菲利莫雷上校正站在办公室里，从窗户向北望去，望向悬崖之间露出来的那一小块三角形荒原，他看到大量像蚂蚁一样的黑点，组成了一条黑带，正朝着他所在的城堡这边靠近，看起来真的很像是士兵。

每过一会儿就会有军官走进来，要么是尼科洛西中校，要么是负责巡查的队长，要么就是值班的军官。他们焦急地等待着他的命令，所以会以各种借口来到办公室，向他报告一些无关紧要的消息，比如，从城里运来了一车新的给养；烤炉的修缮工作今早已经开始了；十几名士兵即将休假结束；中央堡垒的平台上已经备好了望远镜，上校有需要的话可以使用；等等。

他们报告完这些消息后，踢着脚后跟立正敬礼，但却不明白上校为什么站在那里一言不发，他并未下达大家都在期待着的那个命令。他没有加强守卫，没有下令把个人弹药配备增加一倍，也没有决定发出"重大警报"的信号。

他似乎抱有一种难以理解的松弛心态，冷冷地注视着那些入侵者的到来，不悲不喜，仿佛这一切都与他无关。

这是十月里的一个好日子，阳光明媚，空气清新，是最适合战斗的天气。风吹拂着城堡顶部升起的旗帜，庭院里的黄土泛着光，路过的士兵们投下清晰可见的影子。这是多么美好的一个早上啊，上校先生。

但是，这位司令官却明确地表现出，他更想一个人待着。当办公室里没有其他人的时候，他从办公桌旁走到了窗前，又从窗前走回到办公桌前，不知道该怎么下这个决心，他无意识地理了理自己灰白的胡子，发出长长的叹息声，从体态上看，他真的像个老年人。

此时，在窗外可见的那一小块三角形平原上，已经看不到那条入侵者组成的黑带了，这说明他们已经越来越靠近边境线了。再过三四个小时，他们也许就会抵达山脚下。但上校却还在莫名其妙地用手帕擦着眼镜片，并翻阅着桌上堆积如山的报告：要签署的日程安排、一份休假申请、医务官的日报表、购买鞍具的账目，等等。

上校先生，您还在等什么呢？太阳已经很高了，就连刚刚进来的马蒂少校，一个从不相信任何事的人，都难掩内心的不安。至少让哨兵们看到您来城墙上巡视一下吧。前往新棱堡视察的福尔泽上尉说，现在可以把那些入侵者一个一个分辨出来了，他们肩扛步枪，全副武装，不能再浪费时间了。

但菲利莫雷却想再等等。他不否认那些来历不明的人可能是士兵，但他们一共有多少人呢？有人说是两百人，有人说是两百五十人，还有人说，如果这只是先遣部队的话，那后面的大部队至少会有两千人。但大部队至今还没有出现，也可能根本就不存在。不过，上校先生，至今还看不到大部队，只是因为北方有浓雾。今天早上，大雾弥漫，北风将其吹到了下方，所以荒原的大片区域被雾气覆盖住了。如果这些人身后没有一支强悍的武装部队，那这两百人其实毫无意义。中午之前，其他人就会出现。而且，有一个哨兵说，他刚才已经看到浓雾的边缘地带有东西在动了。

然而，司令官依然在窗口和办公桌之间走来走去，并心不在焉地翻阅着报告。他在想，这些来历不明的人为什么要袭击城堡呢？或许只是常规演习，来体验一下沙漠的艰苦环境？鞑靼人的时代早已过去，他们只不过是一个遥远的传说罢了。此外还会有谁对袭击边境感兴趣呢？整个事件中有很多处疑点无法让人信服。

不是鞑靼人，也许并不是他们，上校先生，但他们肯定是士兵。很多年来，城堡里的人非常仇视北方这片王国，这对任何人来说都不是秘密，因为不止一次有人提到过要开战。来的这些人肯定是士兵，他们有骑马的，也有步行的，或许炮兵也快到了。毫不夸张地说，天黑之前，他们就能发起进攻。可是城堡的围墙已经很陈旧了，枪也陈旧，大炮也陈旧了，一切都已经落伍了，只有士兵们的心志并未消沉。所以不要过度自信了，上校先生。

自信！哦，他也希望自己不要过度自信，但他已经要为此耗尽一生了，他的时日不多了，如果这次进展不顺，那么可能一切就都完了。阻碍他下决心的并不是恐惧，也不是怕死，这一点他甚至连想都没想过。事实是，在他生命的最后阶段，菲利莫雷突然看到命运带着银色的盔甲和染着鲜血的刀剑靠近了，他（在几乎已经放弃妄想时）看到这种命运，诡异地带着朋友般的面容走了过来。可是说实话，菲利莫雷已经不敢走近了，不敢回应命运的微笑，因为他已经被欺骗太多次了，如今，他不想再被骗了。

但其他人，那些城堡里的军官，立刻兴高采烈地朝着这种命运迎了上去，与他不同的是，这些人是充满信心地走上前去，并像他此前所经历过的那样，期待着强烈而有力的战斗气息。然而，与之相反的，上校依然在等待着。只要这一美妙的场景不是触手可及的，他就会像迷信一般，不会采取任何行动。也许，他只需要一个微小的行动，甚至是一个简单的致意，暗示一下自己的渴望，眼下的这个情况就会化为乌有。

然而，他只是摇了摇头，表示反对，命运一定是搞错了。

他难以置信地环顾四周，觉得身后应该还有其他人，也就是命运真正要眷顾的人。但他并未看到其他人，因此只能承认，这令人羡慕的好运注定是要降临在自己头上的。

在黎明的第一缕曙光中，当神秘的黑带出现在泛白的沙漠之上时，曾有那么一瞬，他的内心欢呼雀跃。随后，那个手持血剑，身穿银甲的形象变得模糊了起来，但仍然在向他靠近，可实际上，他已经不能再向其靠近了，不能再缩短这微小却又无限的距离了。

原因是，菲利莫雷已经等得太久了，到了一定年龄，再抱有希望就需要付出很多心力了，他再也找不到自己二十岁时的信心了。他已经徒劳地等待了太多年了，他的双眼看过太多的日程表，他在无数个早上望向那片令人痛恨的平原，到头来发现依然是一片荒芜。现在，入侵者靠近了，他明确地觉得，这一定是个错误（不然就太棒了），一定是个巨大的错误。

办公桌前的时钟指针还在继续转动着，上校用他那被岁月风干的枯瘦手指拿起手帕，擦拭着眼镜，尽管根本没有这个必要。

时钟的指针指向了十点半，这时，马蒂少校走了进来，提醒司令官来出席军事汇报会，菲利莫雷已经忘了这件事，所以感到有点儿惊讶。他必须要谈一谈这些出现在荒原上的人侵者了，他不能再推迟做决定了，他要么正式称他们为敌人，要么就当作是个玩笑，要么就采取中间办法，下令启动安全措施，但同时抱有怀疑态度，不被冲昏头脑。无论如何，他不得不做出一个决定，但这让他感到痛苦，因为他更想继续等待，按兵不动，等待着命运被激怒，从而自己爆发。

马蒂少校颇有深意地笑着对他说："看来这次我们终于等到了！"菲利莫雷上校没有回应他。少校继续说："现在能看到，过来的人更多了，足足有三队人马，从这里就能看到他们往这边来了。"上校看着他的眼睛，有那么一瞬，他还挺喜欢这个下级的。"您是说，还有更多的人在靠近？"

"您从这里就能看到他们，上校先生，分成了好几队呢。"他们走到窗前，望向北部平原上那块可见的三角形区域，看到新一批细长的黑带正在移动，不再是黎明时的一条，而是并排的三条，遥遥看不清队尾。

战斗，要战斗了，上校这样想着，同时在努力驱除这种想法，仿佛这是一种被禁止的欲望，但其实只是徒劳。马蒂的话已经唤醒了他的渴望，现在，他心潮澎湃。

他就这样心神不宁地快速赶到了报告大厅，所有军官（正在值班的军官除外）排成一排，站在他的面前。脏兮兮的蓝色制服之上，是一个个面无血色的陌生面孔，他认不清这些面孔，但他们或年轻或憔悴，都在传达着同样的讯息，并用炽热的眼神来急切地请求他正式宣布，敌人已经到达。所有人都立正站好，死死地盯着他，期待着这次不会再被欺骗。

大厅里一片死寂，只能听到军官们沉重的呼吸声。上校意识到，自己必须开口了。就在这时，他感到自己被一种新生的、无法抑制的情感所侵袭。菲利莫雷觉得很奇怪，但又不明缘由，他突然确信，这些来历不明的人真的是敌人，他们决心要冲破边境。他没想明白这种转变是如何发生的，他明明直到刚才还能勉强自己不去相信。他觉得自己是被大家的紧张状态所感染了，意识到自己必须如实发言。"各位军官，"他会这样说，"我们等待多年的时刻终于到来了。"他会说出这句话，或者类似的话，军官们会激动地听他讲话，因为这是一种对荣耀的权威性承诺。

他就准备这样发言了，但在灵魂深处，一个反对的声音仍在回响。"这是不可能的，上校先生。"这个声音说，"趁现在还来得及，您要小心，这可能是一个错误（如果不是，当然最好），您要小心点儿，因为这下面可能酝酿着一个大错。"

在他激动难平的心绪中，这个反对的声音还在时不时地出现。不过为时已晚，犹豫不决的态度已经开始让他变得尴尬了。于是上校向前走了一步，习惯性地在讲话前抬起了头，这些军官们看到他的脸突然变得通红。是的，上校的脸竟然红得像个孩子，因为他即将坦白他这一生都在小心珍藏的秘密。

他的脸微微发红，像个孩子一样，嘴唇刚要张开讲出第一句话，那个反对的声音又从内心深处响起了，菲利莫雷不禁打了个冷战。这时，他好像听到一串匆忙的脚步声，正沿着楼梯向他们集合的这间大厅走来。军官们都在紧张地盯着这位司令官，没有人注意到有脚步声，但多年来，菲利莫雷的耳朵训练有素，连城堡里最细微的声响都能分辨出来。

毫无疑问，脚步声正以非同寻常的速度逼近。这声音听起来陌生又沉闷，像是有人过来进行行政检查一样。可以说，这声音是直接从荒原上的那个世界传过来的，如今清晰地传到了军官们的耳朵里，让他们的心灵遭受了重创，但他们却说不清是为什么。最后，门终于打开了，进来了一位佩带着龙骑枪的陌生军官，他满身尘土，累得气喘吁吁。随后，他立正站好。"中尉费尔南德斯，"他说，"来自第七龙骑枪团。我从城里带来了参谋长阁下的消息。"他左臂弯成弧形，优雅地托着他那顶高帽，走近上校，并递上了一个密封好的信封。

菲利莫雷握着他的手。"谢谢您，中尉先生。"他说道，"我想，您一定跑得很急吧。让中尉桑蒂现在陪您去休息一下吧。"上校没有表现出一丝不安，而是向他目光看到的第一个人，也就是桑蒂中尉做了个手势，示意他尽一些地主之谊。于是，这两名军官走了出去，门又被关上了。"请容许我先看一眼，好吗？"菲利莫雷浅笑着问道，然后扬起了信封，表明他想立即先看看这封信。他的手轻轻地拆开封印，撕开信封的一边，然后取出两张信纸，发现上面密密麻麻地写满了字。

菲利莫雷在读信的时候，军官们一直在盯着他，努力从他脸上看出一些反应。然而，却什么也没看到。他就像是在一个昏昏欲睡的冬夜里，晚饭后坐在壁炉旁读报纸一样。只能看到之前的红晕从他干枯的脸上消失了。读完后，上校把信纸折好，放回了信封，然后把信封放进了口袋中，抬起头，示意他要发表讲话了。大家感觉到好像出了什么事，气氛发生了变化，此前的迷人气氛被打破了。

"各位军官，"他开了口，声音听起来有些吃力，"今天上午，如果我没有记错的话，士兵们中间出现了一些骚动，你们同样也有些激动，如果我没搞错的话，是因为在所谓的鞑靼人沙漠上，有一支部队正在靠近。"

他的声音在一片死寂中勉强传了开来。

一只苍蝇正在大厅里飞来飞去，发出嗡嗡嗡的声音。

"其实是这样的，"他继续说道，"这些人是北方那个国家的部队，此行是来勘定边境线的，就像我们多年前做过的那样。因此，他们不会到城堡这边来，他们可能会分成多个小组，分头在山里开展工作。参谋长阁下在这封来信中正是通知我这一情况的。"

菲利莫雷说话时不停地喘息着，他不是不耐烦，也不是痛苦，完全是生理上的喘息，很像老年人一样喘个不停。他整个人也变得像是老年人一样，声音突然低沉而松弛，就连目光也是如此，昏黄黯淡，呆滞无神。

对此，菲利莫雷上校从一开始就感觉到了。这些人不可能是敌人，他完全清楚：他不是为了获得荣耀而生的，他曾多次愚蠢地进行自我欺骗。他愤怒地问自己，为什么，为什么这次还会被骗呢？他从一开始就觉得，这件事必定会这样结束。

"大家都知道，"他继续说道，"边境上的界碑以及其他界标都是我们多年前设置好的。但是，参谋长阁下通知我说，其实还有一段尚未勘定的部分。因此，我会派一名上尉和一名下级军官，再带一些人共同完成这项工作。这是一片山区，有两三条平行山脉。不用多说，最好是尽可能地把边境线向前推进，来确保北部山崖地区的安全。

如果你们理解我的意思，那就是说，其中蕴含着极其重要的战略意义，因为在那边，战争永远不会爆发，也不可能会有演习……"突然间，他的思路中断了，便停顿了片刻，"不可能会有演习，我还想说什么来着？"

"您刚才说，边境线必须尽可能地向前推进。"马蒂少校带着懊恼的语气提醒道。

"啊，没错，我是说我们应该尽可能向前推进。但很遗憾，这件事并没有那么简单，因为我们现在已经落后于北方来的部队了。不管怎么说……好吧，我们晚一些再谈这个问题。"随后，他转向尼科洛西中校，结束了讲话。

他没有再开口，神情非常疲惫。他看到当自己在讲话时，那些军官的脸上逐渐蒙上了失望的阴影，他看到他们从热血沸腾的战士又变回了毫无生气的驻地军官。可是他在想，这些人还年轻，他们还来得及。

"好了。"上校再次开口，"现在，我不得不对你们其中一些人说几句。我不止一次看到，在换岗之后，有些哨兵队回到了庭院中，但相应的带队军官却并没有陪同。这些军官显然是认为自己有权晚归……"

那只苍蝇依然在大厅里飞来飞去，城堡顶上的那面旗子早已垂了下来，上校在讲着军纪军规，而在北方的荒原上，武装部队正在前进，他们不再是嗜战的敌人，而是和他们一样无害的士兵，他们不是来杀戮一切的，只是来进行一些勘测工作，他们的步枪里没装子弹，他们的匕首也没有开刃。在这片北部荒原上，这支毫无攻击性的部队正在前进。而在城堡中，一切也已恢复了往日的节奏。

第
十
五
章

　　第二天一早，被派去勘测那段未定边界的小分队就要出发了。带队的是身材高大的蒙蒂上尉，随行的还有安古斯蒂纳中尉和一名中士。这三个人全都知晓当天以及未来四天的暗号。他们全部牺牲的可能性极小，但无论如何，活下来的普通士兵当中，最年长者都有权翻开已故或昏迷的上级的制服，从胸前的内袋中把那个密封的信封拿出来，里面装有返回城堡的秘密暗号。

　　太阳升起的时候，大约四十人全副武装地走出了城堡的围墙，向北方进发。蒙蒂上尉和士兵们一样，穿着带钉子的大皮鞋。只有安古斯蒂纳一人穿着皮靴，出发前，上尉饶有兴趣地看了看他的靴子，但什么都没说。他们沿着碎石坡向下走了一百多米，然后向右转，垂直朝着一个狭窄石谷的谷口走去，这条石谷直插山区腹地。

走了约半个小时后，上尉说："您穿着这靴子，"他提到了安古斯蒂纳的皮靴，"之后会很累的。"

安古斯蒂纳没有回应他。

"我不是想阻止您。"过了一会儿，上尉又说道，"但您之后会受苦的，等着瞧吧。"

安古斯蒂纳回答说："现在已经晚了，上尉先生，如果真的如您所言，您本可以早点儿告诉我的。"

"这，"蒙蒂辩驳道，"反正都是一样的，我了解您，安古斯蒂纳，无论如何，您还是会穿着它们的。"

蒙蒂无法忍受这个人。"你太自以为是了。"他想，"过一会儿我就让你见识一下。"因此，他带队全速前进，即使走在陡坡上也没有减速，他知道安古斯蒂纳并不健壮。这时，他们已经走到了城墙脚下。路上的沙石变得越来越细碎，他们的双脚时常陷进去，走起来很是吃力。

上尉说："从这个峡谷吹来的风经常像地狱一样可怕……但今天还不错。"

安古斯蒂纳中尉一言不发。

"很幸运，今天也没有太阳。"蒙蒂接着说，"今天真的很顺利。"

安古斯蒂纳问道："您之前来过这里吗？"

蒙蒂回答说："来过一次，来搜寻一名士兵，他是一名逃……"

他突然停住了，因为从他们头顶上那面灰色峭壁的顶端，传来了山体滑坡的声音。巨石崩落，撞击悬崖的声音不绝于耳，烟尘滚滚中，硕大的石块猛烈地朝着深渊砸落下来，轰隆隆的响声在山壁间久久回荡。在峭壁的中心地带，这场神秘的山崩持续了好几分钟，很多石块最终落到了深沟里，并未到达谷底。只有两三块石头最后落到了士兵们攀爬的石路这边。

每个人都沉默不语。在这场山崩中，大家好像感受到了敌人的存在。蒙蒂看着安古斯蒂纳，眼神中隐约带着一丝蔑视。他希望对方感到害怕，但对方其实一丝恐惧都没有。这名中尉只是因为急速行进而显得异常燥热而已，他那身优雅的军装变得凌乱不堪了。

"这个可恶的势利眼，竟然还在装模作样。"蒙蒂想，"等下就让你看清楚。"他立即加快脚步，继续前进，并不时地回头瞥一眼，看看安古斯蒂纳怎么样了。是的，正如他所希望和预料的那样，安古斯蒂纳穿的靴子开始磨脚了。他放慢了脚步，脸上流露着痛苦的神色。这些可以从他行进的步伐，以及他脸上严肃又吃力的表情中看出来。

上尉说："我觉得自己今天可以走六个小时。如果没有这些士兵跟着的话……今天真的很不错。"（他带着明显的恶意持续说着）"中尉先生，您还好吗？"

"对不起，上尉先生。"安古斯蒂纳问道，"您说什么？"

"没什么，"他邪恶地笑了笑，"我只是问您怎么样了。"

"啊，还可以，谢谢您。"安古斯蒂纳支支吾吾地说道，为了掩饰上坡时的气喘吁吁，他停顿了一下，"只可惜……"

"可惜什么？"蒙蒂问道，他希望对方承认自己累了。

"可惜不能经常到这里来，这个地方太美了。"他面带微笑，淡淡地说道。

蒙蒂又加快了脚步。但安古斯蒂纳还是跟上了他。他的脸色因疲惫开始变得惨白，汗水从帽子边缘流了下来，连背上的衣服都湿透了，但他依然一言不发，一步也没有落下。

现在，他们走入了一片悬崖之中，骇人的灰色崖壁耸立四周，山谷一路向上攀升，通向难以想象的高度。日常生活中能看到的各种景象早已消失不见，眼前只剩下大山里一成不变的荒凉景色。安古斯蒂纳对此有些入迷，时不时抬头仰望着高悬在他们头顶上的山峰。

"再走一段路我们就休息一下。"蒙蒂说道，他一直在关注着安古斯蒂纳，"现在还看不到我们要去的那个地方。不过说实话，还不算很累，对吧？有时可能会感觉到体力不支，所以即使冒着迟到的风险，也最好说出来。"

"走吧，我们继续走吧。"安古斯蒂纳回答道，好像他才是上级一样。

"您知道吗，我这么说是因为大家都有可能感到体力不支。仅仅是因为这个，我才这么说……"

安古斯蒂纳脸色煞白，汗水从帽子边缘不停地流下来，上衣也已经完全湿透。但他咬紧牙关，没有退缩，他宁死也不会屈服。他尽量不让上尉看到，便朝着峡谷顶端瞥了一眼，找寻着能让这疲惫终结的目的地。

这时，太阳已经升了起来，照亮了最高的山峰，但没有秋日上午的清爽之感。一层薄薄的雾气慢慢在天空中弥漫开来，释放出单调又诡异的气息。现在，这双皮靴确实开始害他疼得要命了，皮子不停地撕扯着脚踝的位置，从疼痛程度来推测，肯定已经磨破皮了。

有一段路，脚下的碎石减少了，山谷处豁然开朗，通向了一小片高地，这里周围一圈都是峭壁，只有脚下零星地长着几棵枯草。四周错落着塔形的山峰和山体裂缝，石壁的高度难以估计。

尽管很不情愿，但蒙蒂上尉还是下令停止前进，好让士兵们有时间吃饭。安古斯蒂纳坐在一块大石头上，举止依然得体，尽管他已经在寒风中瑟瑟发抖，汗水都好像要结冰了似的。他和上尉一起分享了一些面包、一片肉、一些奶酪和一瓶葡萄酒。

安古斯蒂纳感觉很冷，他看着上尉和士兵们，如果有人披上披风的话，他就可以效仿了。但士兵们似乎并没有很疲惫，彼此之间依然在说说笑笑，上尉狼吞虎咽地吃着东西，每吃一口，就抬头望一眼他们头顶上险峻的山峰。

"现在，"他说，"现在我知道我们可以从哪里上去了。"他指了指位于这片山脉尽头的一座极具压迫感的崖壁，"我们可以从那边直直地爬上去。确实很陡，是吧？您觉得怎么样，中尉先生？"

安古斯蒂纳看向了那处崖壁，要想到达边境线，那边确实是必经之路，除非从其他山口绕路过去，那就需要消耗更多时间，但现在需要的是加快步伐，因为北方来的部队已经占据了有利条件，毕竟他们先行出发，而且那边的路很好走，所以必须直接爬过这面崖壁才行。

"是从这边上去吗？"安古斯蒂纳看着陡峭的崖壁问道，但他注意到左侧约一百米的那条路其实要好走得多。

"当然是直接从这里上去。"上尉重复道，"您觉得呢？"

安古斯蒂纳说："所以一切的目的就是要比他们先抵达。"

上尉厌恶地看了他一眼。"很好。"他说，"现在我们来玩儿一局吧。"

他从口袋里掏出一副纸牌，摊到了一块方形的石头上，石头上还铺着他的披风。他邀请安古斯蒂纳一起打一局，然后继续说："那些云，您可以仔细看看它们的样子，但不用害怕，它们不是会带来坏天气的云……"然后他笑了起来，谁也不知道他为什么要这样笑，那样子就像是他开了一个生动的玩笑。

他们就这样打起了牌。安古斯蒂纳感到寒风刺骨。上尉坐在两块大石头中间，正好可以避开吹过来的风，而安古斯蒂纳自己的肩头却一直迎着冷风。"这次我肯定要生病了。"他想。

"啊，您这张牌出得太大了！"蒙蒂上尉毫无征兆地大喊道，"天哪，您就这么送给我一张 A！不过，亲爱的中尉先生，您在想什么呢？您一直往上看，根本没有在看手里的牌。"

"不对，不对。"安古斯蒂纳回答道，"是我出错牌了！"他非常想笑，但没笑出来。

"说实话吧，"蒙蒂带着胜利的满足感说道，"说实话，这个让您感到很难受吧，我从一开始就对您说过，肯定是这样的。"

"什么'这个'？"

"您这双漂亮的靴子啊，这双靴子其实并不适合行军，亲爱的中尉先生。说实话吧，它们肯定让您受苦了。"

"是让我挺痛苦的。"安古斯蒂纳承认了，但语气却十分轻蔑，为的是表现出聊起这个令他感到厌烦，"这双靴子确实让我挺痛苦的。"

"哈哈！"上尉开心地大笑起来，"我就知道！穿着靴子走在碎石路上，一定很痛苦。"

"您看牌，我出一张王。"安古斯蒂纳冷冷地警告道，"您不出牌吗？"

"好的，好的，我错了。"上尉仍然那么开心，"哎呀，皮靴！"

安古斯蒂纳中尉的皮靴的确并不适合走在悬崖的碎石块上。因为靴底没有钉子，很容易打滑，而蒙蒂上尉和士兵们穿的鞋子却能牢牢地抓在地面上。不过安古斯蒂纳并没有因此而落后，尽管他已经非常疲惫了，背上的冷汗也令他万分难受，但他还是能够跟着上尉爬上崎岖的崖壁。

这座崖壁其实并没有从下面看上去那样艰难和陡峭。

山体上交错分布着坑洞、裂缝、凸起的石头，以及粗糙的独立岩块，得以形成多个支撑点，方便攀登。上尉天生就不是个行动敏捷的人，他奋力地攀爬，连续跳转着位置，并不时地向下张望，期待着安古斯蒂纳最终崩溃。但恰恰相反，安古斯蒂纳却顽强地坚持着，极速地找寻着最宽阔、最安全的支撑点，尽管他已经筋疲力尽，但依然能如此敏捷地爬上去，这让他自己也感到非常吃惊。

慢慢地，他们脚下的深渊变得越来越深，而山顶则被一片苍黄的陡壁挡住了，似乎也变得越来越远了。尽管厚厚的灰色云层让人难以分辨太阳还有多高，但可以感受到傍晚正在逐渐临近。天气也开始转凉，一阵冷风从山谷中刮起，呼啸着吹过山缝之间。

"上尉先生！"一名在队尾负责殿后的中士突然在下面喊道。

蒙蒂停了下来，安古斯蒂纳也停了下来，随后所有的士兵都停了下来。

"又怎么了？"上尉问道，似乎此前已经有其他原因让他感到不安了。

"那些来自北方的人，他们已经登上去了！"那名中士喊道。

"你疯了！你在哪里看到的？"蒙蒂反问道。

"左侧，就是那个山口，在紧邻着那座像鼻子一样的山体的左侧！"

他们确实在那儿。在灰蒙蒙的天空的映衬下，三个小小的黑影格外显眼，而且明显在移动。显然，他们已经占据了山顶下面的部分，很有可能会先到达山顶。

"天哪！"上尉说道，并恼怒地瞥了一眼下面，好像他们迟到是要由这些士兵来负责一样。他随后对安古斯蒂纳说："至少我们得占领山顶，少说废话，不然上校会让我们倒大霉的！"

"他们需要停下来一段时间。"安古斯蒂纳说，"从山口到山顶的路程不会超过一个小时。如果他们不停下来，我们一定会比他们晚到。"

上尉接着说："也许，最好是我带四个士兵先走，人少会走得快一些。您放心地跟在后面，如果觉得累，就在这里等着也行。"

安古斯蒂纳心里想，这个浑蛋，他就是这么想的，想把我扔在后面，自己去当英雄。

"好的长官，遵命。"他回答道，"但我更想一起上去，在这里站着不动太冷了。"

随后，上尉带着四名身手敏捷的士兵，作为先锋小分队再次出发了。由安古斯蒂纳来指挥剩下的士兵，他还妄想着能跟上蒙蒂，但他们人数太多了，行军的队列拉得很长，以至于有些人的身影完全看不到。

就这样，安古斯蒂纳看到上尉的先锋小分队走向高处，消失在了灰色石壁的后面。有一阵子，他听到了他们走过山路时产生的小规模滑坡的声音，之后就听不到了。最后，就连他们说话的声音也消失在了远方。

但与此同时，天空也变得阴沉起来。四周的悬崖、山谷对面苍白色的石壁以及崖底都染上了一层铅灰色。小小的乌鸦沿着天际飞来飞去，发出刺耳的叫声，似乎在互相呼喊着危险即将到来。

"中尉先生，"跟在他身后的士兵对安古斯蒂纳说，"马上就要下雨了。"

安古斯蒂纳停下来看了他一会儿，一言未发。皮靴现在没有折磨着他，但一股强烈的倦意正在袭来。每向上走一米，都要付出极大的努力。但幸运的是，这一段的石壁没有前一段那么陡峭，反而更好走一些。安古斯蒂纳想，不知道上尉走到哪里了，也许已经抵达山顶了，也许已经插上了旗帜，立起了界碑，也许已经在返回的路上了。他抬起头，发现山顶就在不远处了，但唯独不知道怎样才能到达，因为他正倚靠着的这面崖壁又陡又滑。

最终，安古斯蒂纳来到了一块突出的巨石上，发现自己距离蒙蒂上尉只有几米远了。他正踩在一名士兵的肩膀上，极力爬上一面矮矮的峭壁，这面峭壁最高不过十几米，但看上去却似乎难以攀登。很显然，蒙蒂已经努力尝试好几次了，但依然没能成功。

他摸索了三四次来寻找立足点，像是找到了，但又听到他骂了一句，并踩回到了士兵的肩膀上，士兵竭力支撑着，身体在不停地颤动。最后，蒙蒂放弃了，他纵身一跃，跳回了这块突出的巨石上。

蒙蒂累得气喘吁吁，满脸敌意地看向了安古斯蒂纳。"您可以直接在下面等着，中尉先生。"他说，"不是所有人都能从这里上去的，我带着几个士兵一起过去就可以了。您最好还是在下面等着，现在天快要黑了，之后再向下走就很艰难了。"

"您跟我说过的，上尉先生。"安古斯蒂纳极为冷淡地回答道，"您跟我说过可以按照自己的意愿行事：要么等着，要么跟在您后面。"

"好吧，"上尉说，"现在需要找到一条路，只有这几米了，上去就到山顶了。"

"什么？山顶就在这后面吗？"中尉问道，语气中隐隐带着讽刺，蒙蒂却懒得去怀疑。

"连十二米都不到。"上尉骂骂咧咧地说道，"天哪，我看看到底能不能过去。只要……"

他还没说完，就被上方传来的傲慢的叫喊声打断了。在这面低矮的峭壁上沿，露出了两个人头，他们正笑嘻嘻的。"晚上好，先生们。"其中一个人喊道，可能是名军官，"你们好好看看，从这里是上不来的，必须绕路才能到山顶上来！"随后那两个人就缩了回去，只能听到一些人七嘴八舌在交谈的声音。

蒙蒂勃然大怒，脸色铁青。如今束手无策了，来自北方的部队已经占领了山顶。上尉坐在巨石上，丝毫不理会从下面不断赶上来的士兵。

就在这时，天空开始下起了雪，雪花又密又大，仿佛正值隆冬。顷刻之间，这片碎石地面就被染成了白色，简直不可思议。光线也突然黯淡下来。夜幕降临了，在此之前，没人认真考虑过这个问题。

士兵们没有表现出丝毫惊慌，纷纷解开卷着的披风，盖在自己身上。

"天哪，你们在干什么？"上尉大喝道，"马上把披风穿上！你们不会是想在这里过夜吧？我们必须现在就下山。"

安古斯蒂纳说："上尉先生，如果您允许我发言的话，只要那些人还在山顶……"

"什么，您想说什么？"上尉气急败坏地问道。

"在我看来，只要北方的那些人还在山顶，我们就不能回去。他们已经率先抵达了，我们别无他法，但是我们依然要保住自己的形象！"

上尉没有回答他，在这块突出的巨石上来回走了一会儿。然后说："可是现在他们也要走了，山顶上的天气比这里的还要糟糕。"

"先生们！"一个声音从上面传来，同时有四五个脑袋也从崖边冒了出来，"不要客气，来抓住这些绳子，直接从这边上来，天已经黑了，你们是没法走下山的！"他们一边说着，一边从上面扔下来两根绳子，让城堡里的军士们可以顺着爬上这面矮矮的崖壁。

"谢谢！"蒙蒂上尉揶揄着回答道，"谢谢你们的好意，但我们自己的事情可以自己处理好的！"

"你们随意。"他们在上面继续喊道，"不管怎样，我们可以把绳子留在这里，如果你们需要的话就用吧。"

接下来很长一段时间都没有人再讲话，只能听到雪花簌簌落下的声音，以及士兵们的几声咳嗽。目前的空气能见度几乎为零，只能隐隐约约看到峭壁的边沿，那边映着一盏灯笼的红光。

几名城堡的士兵把披风穿好，也点亮了灯笼。并把其中一盏送到了上尉面前，以备不时之需。

"上尉先生。"安古斯蒂纳疲惫地说道。

"有什么事？"

"上尉先生，您还想再玩儿一把牌吗？"

"玩儿什么牌，见鬼去吧！"蒙蒂回答道，他非常清楚，今晚是无法下山了。

安古斯蒂纳并不是在开玩笑。上尉的行军袋是交由一名士兵保管的，于是，他便让士兵取出了纸牌，然后把披风的一角铺在一块石头上，把灯笼放在旁边，开始洗牌。

"上尉先生，"他重复道，"您听我说，即使您可能不愿意听。"

蒙蒂这才明白了中尉的言外之意：面对这些可能在嘲笑他们的北方士兵，他们确实别无良策。此时，士兵们都躲在悬崖脚下，占据了山体的每一个凹进处，要么吃着东西，要么彼此说笑着，而这两位军官就这样在雪地里玩起了牌。他们头顶是笔直的峭壁，脚下则是漆黑一片的悬崖。

"一分都拿不到，一分都拿不到！"有人在上面用开玩笑的口吻喊道。

蒙蒂和安古斯蒂纳都没有抬头，继续打着牌。但上尉有些被干扰，怒气冲冲地把牌摔在披风上。安古斯蒂纳试图开开玩笑，但也无济于事。

"太好了，一连两张 A……但这张就被我吃掉了……说实话，您忘了那张梅花……"他不时地笑了出来，这显然是真诚的笑声。

这时，从上方又传来了说话的声音，接着是石块松动的声音，那些人可能是要离开了。

"祝你们好运！"之前的那个声音又在朝他们喊道，"祝你们玩牌玩得开心……别忘了那两根绳子！"

上尉和安古斯蒂纳都没有回应他们，继续玩着牌，毫不理会，表现得非常专注。灯笼的光芒从上方消失了，显然，这些北方来的人确实要离开了。在厚厚的积雪上，纸牌已经湿透了，洗牌变得非常艰难。

"不玩儿了！"上尉说着，把自己的牌扔到了披风上，"真倒霉，不玩儿了！"

他退回到悬崖脚下，用披风把自己严严实实地裹了起来。"托尼！"他叫着一个士兵的名字，"把我的行军袋拿来，给我找点儿水喝。"

"那些人还能看到我们。"安古斯蒂纳说，"他们还能从山顶看到我们！"但他看得出来，蒙蒂已经腻烦了，于是便独自一个人继续玩，假装这场牌局还在进行。

中尉制造出牌局应有的喧闹声，他左手拿着牌，右手把牌摔在那一角披风上，然后再假装抓牌。隔着漫天的飞雪，那些人在山顶上很难看清这位军官其实是一个人在玩牌。

安古斯蒂纳感受到一阵猛烈的寒意侵入了他的五脏六腑。他觉得自己好像再也无法动弹了，甚至连躺下都做不到了。自有记忆以来，他从未感觉到如此难受过。他还能看到山顶上正在离开的人们提着的灯笼，光影摇曳，那些人依然看得到他。（在一座雄伟宫殿的窗前，有一个瘦小的身影，他叫安古斯蒂纳，还是一个孩子，但脸色苍白得吓人，他穿着优雅的天鹅绒上衣，领口镶有白色的花边。他疲惫地打开窗户，朝着悬在窗台上的精灵靠了过去，好像他和它们很熟悉，想要和它们说些什么。）

"一分都没得，一分都没得！"他还在极力地喊着，想让那些陌生人听到，但他沙哑的嗓音却十分微弱又疲惫不堪，"天哪，这是第二次了，上尉先生！"

蒙蒂紧紧地裹在披风里，嘴里还在慢慢地嘟囔着什么，他仔细地盯着安古斯蒂纳，怒气越来越小。"可以了，快过来避避风吧，中尉，现在那些北方来的人已经走了！"

"您比我厉害多了，上尉先生。"安古斯蒂纳虚伪地说着，但声音越来越微弱，"不过您今晚的兴致确实不高。您为什么一直往上看？您为什么要看向山顶？或许是心里有些不安吗？"

后来，在纷飞的大雪中，最后几张浸湿了的纸牌从安古斯蒂纳中尉的手中掉落，他的手继而也垂了下来，没有了一丝生气，在灯笼摇曳的光芒中，搭在披风上一动不动。

中尉背靠着一块石头，缓慢地向后移动了一下，一阵莫名的睡意袭来。（月夜里，其他精灵组成了一支小分队，它们正抬着一顶轿子，在半空中朝着宫殿而来。）

"中尉，过来吃点儿东西吧，这么冷的天，您得吃点儿东西，哪怕您不想吃，也得努力吃一些！"上尉如此喊道，声音里流露着些许担忧，"过来吧，雪就要停了。"

的确如此，几乎是突然之间，白色的雪花就变得没有那么密那么大了，空气也变得清透了起来，在灯笼的映照下，甚至可以看到几十米开外的峭壁。

在这阵风雪过去后的间隙，在遥遥不知多远的远方，城堡的灯光突然亮了起来。这些灯光无穷无尽，像是给这座城堡施了魔法一样，使其沉浸在古代的狂欢氛围当中。安古斯蒂纳看着这样的景象，冻僵了的嘴唇上慢慢浮现出一丝微笑。

"中尉先生？"上尉开始意识到了什么，又叫了他一声。

"中尉先生，快把那些纸牌扔掉，到这里来避风。"

可安古斯蒂纳还在看着那些灯光，但实际上他已经不知道那些灯光到底来自哪里了，可能是城堡，可能是远方的城市，或者是他自己的房子，不过那里已经没有人在等他归来了。

　　也许此时，在城堡的防护坡上，一名哨兵无意间将目光投向了群山，看到了高高的山顶上的灯光。但距离如此遥远，即使看到了这可恶的峭壁也无济于事，跟没有看到毫无区别。德罗戈可能正在指挥着哨兵队。当时如果他想的话，本可以和蒙蒂上尉以及安古斯蒂纳同行。不过，对于德罗戈来说，这似乎很愚蠢：因为鞑靼人的威胁已经消失了，这件差事就变成了一件多余的麻烦事，并不值得再付出了。但这个时候，德罗戈也看到了山顶上晃动的灯火，开始后悔自己没有同行。人并不是只有在战争中才会发现自己的价值，如今，他也想在茫茫的风雪之夜中登上山顶。然而，为时已晚，机会曾向他靠近，但他自己却没有抓住。德罗戈此前休息得很好，全身舒爽，这时正披着温暖的披风，羡慕地注视着远处的灯光，而安古斯蒂纳则满身是雪，艰难地用残存的力气捋顺湿漉漉的胡子，并整理好披风，细致地打好褶皱，他这样做并不是为了紧紧裹住自己来取暖，而是另有神秘打算。

　　蒙蒂上尉在避风处吃惊地望着他，思索着安古斯蒂纳到底在做什么，他好像在哪里见过另一个非常相似的身影，但怎么也想不起来。

城堡的一个大厅中挂着一幅古画，画的是塞巴斯蒂亚诺王子之死。身受致命重伤的塞巴斯蒂亚诺王子，在丛林深处，背靠着树干，头偏向一侧，披风垂落，形成了完美的褶皱。画面中没有表现出任何王子受伤将死的痛苦。看着这幅画，不得不惊叹于画家赋予将死之人的十足高贵与极致优雅。

现在，他不得不联想到，安古斯蒂纳和在丛林深处受重伤的塞巴斯蒂亚诺王子是如此相像。可是安古斯蒂纳却没有像王子一样穿着闪亮的盔甲，脚下也没有血淋淋的头盔和残破的刀剑。他没有背靠树干，而是靠着坚硬的巨石。映照着他的额头的也并非最后一缕夕阳，只有一盏昏暗的灯笼发出的微弱光线。但他看起来和王子依然非常相似，四肢的姿势一模一样，披风的褶皱一模一样，那极度疲惫的神情也一模一样。

这么说来，与安古斯蒂纳相比，尽管上尉、中士和其他所有士兵都更有活力、更自负，但他们此时却更像是粗野的乡巴佬。虽然有些不可置信，但在蒙蒂的内心深处，惊奇与羡慕的感觉竟油然而生。

雪停了，风呼啸着吹过峭壁，刮起一阵阵冰屑，灯笼的玻璃罩里火光摇曳。安古斯蒂纳对此似乎毫无感觉，他一动不动地靠在巨石上，目光盯着远处城堡的灯光。

"中尉先生!"蒙蒂上尉再次努力喊道,"中尉先生!快做决定吧!到这下边来,如果还待在那里,你会受不了的,你会被冻死的。快下来吧,托尼已经筑起了一道避风墙。"

"谢谢您,上尉先生。"安古斯蒂纳吃力地说道,他发现自己开口变得很困难了,便微微抬起一只手,做了一个手势,似乎在说这并不重要,这一切都是无关紧要的小事。(最后,领队的精灵做了一个威严的手势。安古斯蒂纳带着一副心烦意乱的表情爬上窗台,优雅地坐在了轿子里。于是,这顶有魔力的轿子便缓缓驶离了。)

几分钟里,除了寒风的呼号,其他什么也听不到了。就连在山岩下扎堆取暖的士兵们也失去了开玩笑的兴致,默默地在寒风中挣扎着。

后来,风停了,安古斯蒂纳微微抬起头,缓慢地动了动嘴巴想要说话,但只说出了两个词:"明天必须……"然后就再也没了动静。他只说了这两个词,而且声音非常微弱,蒙蒂上尉甚至都没有意识到他说了话。

只说出了这两个词,安古斯蒂纳的头就向前垂了下去。他的一双手惨白又僵硬,搭在了披风的褶皱里,他的嘴巴已经合拢,嘴角再次浮现出一丝微笑。(他乘着轿子远去了,他把目光从朋友身上移开,把头转向了前方,看向了整个队列的方向,流露出了一种既好奇又警惕的神情。就这样,他以近乎非人的高贵姿态走入了夜色中。整条神秘的队列缓缓地蜿蜒行进着，升到天空中，越来越高，变成了一条模糊的行迹，然后又变成一缕淡淡的烟雾，到最后就消失不见了。）

"您想说什么，安古斯蒂纳？明天怎么了？"蒙蒂上尉终于从避风处走了出来，他用力摇晃着中尉的肩膀，想让他苏醒过来，但也只是徒劳，还反倒打乱了军用披风上那些优雅的褶皱，着实遗憾。此时，没有任何一个士兵意识到发生了什么事。

蒙蒂骂了一句，但回应他的，只有从漆黑的悬崖之上吹过来的风声。"您想说什么，安古斯蒂纳？话还没说完就走了，您想说的可能是一件蠢事或者随便什么事吧，也可能是一个妄想，或许压根什么都没有。"

第
十
六
章

安古斯蒂纳中尉被安葬之后，在城堡里，时间又继续开始飞逝，一如往常。

已升职为少校的奥尔蒂斯问德罗戈："您来这里多久了？"

德罗戈回答说："已经四年了。"

转瞬之间，就又入冬了，这是一个漫长的季节。之后会下雪，下到四五厘米厚的时候会先停一会儿，然后再加一层，之后还会再下很多场，似乎难以数清。距离春天的到来还有漫漫时日。（然而有一天，远远早过预期，的确早得多，人们会听到平台边缘传来水流的声音，冬天就将这样悄无声息地过去了。）

安古斯蒂纳中尉的灵柩上裹着旗帜，被安葬在了城堡一侧围墙的地下。上方立有一个白色石制十字架，上面写着他的名字。士兵拉扎里的灵柩被葬在了更远的地方，立有一个小一些的木制十字架。

奥尔蒂斯说："我有时候在想，我们渴望战争，我们等待良机，我们运气不佳，是因为什么都未曾发生过。可是，您看到了吗？安古斯蒂纳……"

"您的意思是说，"德罗戈回应道，"您的意思是安古斯蒂纳不需要好运吗？就是没有好运他已经是个英雄了吗？"

"他身体向来虚弱，而且我想，他应该是病了。"奥尔蒂斯少校说，"实际上，他比我们所有人都要悲惨。他和我们一样没有遇到过敌人，也没有参加过战争，但他却如同战死沙场一样。中尉先生，您知道他是怎么死的吗？"

德罗戈说："我知道的，蒙蒂上尉讲述的时候我在场。"

冬天到了，那些北方的人离开了。希望的旗帜或许还映着血光，但也都缓慢落下了，内心再次恢复了平静。天空中依然空无一物，双眼依然徒劳地望向遥远的地平线边缘，似乎在寻找着什么。

"其实，他很清楚什么时候是死去的良机。"奥尔蒂斯少校说，"他等同于挨了一颗子弹。就成了一名英雄，这没什么好说的，虽然并没有人开枪。对于那天和他在一起的其他人来说，机会都是一样的，他确实没什么优势，也许只是因为虚弱才死得更容易一些。但说到底，其他人又做了什么呢？对其他人来说，这一天或多或少和其他的日子没什么区别。"

德罗戈说："是的，只是天气更冷一些。"

"没错，天气要更冷一些。"奥尔蒂斯说，"中尉先生，其实只要您开口，也可以跟他们同行。"

在第四堡垒顶部的平台上，他们二人坐在木凳上。奥尔蒂斯来找值班的德罗戈中尉碰面。日子久了，两人已经结下了深厚的友谊。

他们坐在长凳上，裹着披风，各自的眼神都在望向北方，那边大片大片形态散乱的云正在攒聚。北风不时吹来，吹得他们衣衫冰凉。山口左右两侧高高的岩峰已经变得乌黑。德罗戈说："我确信，明天城堡这里就会下雪。"

"可能会吧。"少校毫无兴趣地回应，然后没有再讲话。

德罗戈继续说："肯定会下雪的。一直有乌鸦飞过。"

"我们也有责任。"奥尔蒂斯自顾自地在想着心事，"毕竟，轮到的都是真正值得的人。比如，安古斯蒂纳愿

170

意付出巨大代价，而我们却不愿意，也许这就是问题的关键。可能是我们要求得太多了。最后只有真正值得的人才会得到。"

"所以呢？"德罗戈问道，"所以我们该怎么办？"

"哦，我就算了。"奥尔蒂斯笑着说，"我已经等了太久了，但您……"

"我怎么了？"

"您可以趁早离开，回到城里的驻防地安顿下来。说到底，我觉得您不是那种排斥生活乐趣的人。当然了，晋升也会比这里更有前景，毕竟不是所有人都是天生的英雄。"

德罗戈陷入了沉默。

"您已经在这里四年了。"奥尔蒂斯说，"您已经具有一定的资历优势了，想想看，如果留在城里，会有多少益处。如今与世隔绝，没有人再记得您了，趁还来得及，快回城吧。"

德罗戈目光紧盯着地面，一言不发地听着。

"我见过其他人的情况。"少校继续说道，"渐渐地，他们就习惯了城堡，被囚禁在了这里，再也无法动弹。虽然只有三十多岁，但也像是变成了老年人。"

德罗戈说："我相信您，少校先生，但在我现在这个年纪……"

"您还年轻，"奥尔蒂斯接着说，"即使再过一段时间，您也依然年轻，没错。但我没有把握，因为只要再过两年，哪怕只有两年，那时候再回城可能就要大费周折了。"

"谢谢您。"德罗戈说道，但他不为所动，"可说到底，在城堡这里，人们是可以寄希望于更好的东西的。虽然有些荒唐，但即使是您，如果说真心话的话，也必须承认这一点……"

"或许正是这样的。"少校说，"我们都或多或少地坚持着希望。但这非常荒唐，只要稍微想一想那边（他用手指向了北方）就能明白，战争再也不会从那边发生了。有了上次的经历，你们现在谁还愿意认真地相信这件事呢？"

他这么说着，同时站起身来，一直向北眺望着，如同那个遥远的上午，德罗戈站在平原边沿上，看到他陶醉地凝视着城堡那神秘的围墙一样。自那时起，四年已经过去了，这是一生中并不算短的一段时光，但什么都没发生，没有发生过任何事能够证明抱有这些期待是有意义的。日子一天天地飞逝，本可能是敌人的部队曾在某天清晨出现在了异国国土的边缘，但在无害地完成边境线勘定工作之后就撤离了。和平笼罩着整个世界，哨兵没有发出任何警报，没有任何迹象表明这一切会发生变化。与往年一样，踩着同样的节奏，冬天又一次来临了，北风吹过刺刀，发出细微的声响。奥尔蒂斯少校依然站在那里，站在第四堡垒的平台上，对自己的睿智之言还稍有疑虑，他数次眺望着北方的荒原，仿佛只有他才真正有权这样眺望，只有他才有权留在平台上，而这是出于什么目的，并不重要。其实，德罗戈是个不错的年轻人，但有些不囿常理，是他自己算计错了，回到城里理应会更好。

第
十
七
章

城堡平台上的积雪开始消融了，脚踩上去就像陷入了泥潭当中。悦耳的流水声转瞬间就从附近的山里传来了，远近之处也能看到白色的水流沿着峭壁垂直而下，在阳光下闪闪发光。已经沉寂数月的士兵们时不时地哼起了歌。

太阳不再像以前那样匆匆落山，而是会在半空中稍作停留，吞噬着积雪。即使是从北方冰原上吹来的云也无关紧要了，因为它们无法再形成降雪，只能带来雨水，而雨水还会融化掉原本就所剩无几的积雪。明媚的季节又回来了。

清晨就能听到鸟鸣，大家还以为自己已经忘记了这些声音。另一边，乌鸦们也不再聚集在城堡旁的平地上，等待着厨房里的垃圾，而是会四散在山谷中，找寻新鲜的食物。

深夜里，各个房间中用来放背包的搁板、枪架、房门，甚至上校房间里那些精美的实心桃木家具，只要是城堡里所有的木器，包括那些最古老的木器，都在黑暗中吱嘎作响。有时，那声音就像枪声一样干脆，好像真的有什么东西要散架了一样。有人会从床上惊醒，竖起耳朵，但除此之外什么也听不到，只有吱吱嘎嘎的声音在黑夜中隐隐回响。

就这样，在这些古老木器所蕴含的时间里，对于生命力消逝的深切遗憾再次浮现了出来。许多年前，年华尚好，处处洋溢着年轻的朝气和力量，草木枝头抽出一簇簇嫩芽。后来，这些草木惨遭砍伐。而如今，春天来了，生命的蓬勃气息却大大减淡。曾经的树叶和花朵，到如今只剩下了模糊的记忆，有些刚刚抽芽就停止了生长，只能再等来年。

就这样，城堡里的人开始萌生了各种与军事无关的古怪想法。城墙不再是安心的庇护所，而是给人一种身处监狱的感觉。那光秃秃的外观、乌黑的排水沟、城墙的歪斜棱边及其苍黄的颜色，都与欣欣向荣的精神风貌毫不相衬。

某个春日清晨，有一位军官，从背影看不出他是谁，可能是德罗戈，正心烦意乱地在宽敞的部队洗衣房里走来走去，这个时候的洗衣房冷清无人。他并不是在执行视察或者检查任务，他这样走来走去，只是为了活动一下。周围的一切都井然有序，洗衣池干干净净的，地面也刚清扫过，只是水龙头有些漏水，但也不是这些士兵们的过错。

这位军官停下脚步，抬头看了看其中一扇高大的窗户。玻璃窗紧闭着，可能已经很多年没有清洗过了，角落里挂满了蜘蛛网。这里没有任何东西能以任何方式给他带来心灵上的慰藉。然而，透过玻璃，天空好像隐约可见。他想，也许就是同一片天空、同一片阳光在同时映照着这间沉闷的洗衣房和那片遥远的荒原。

草地一片翠绿，最近还开出了小花，目测是白色的小花，当然，树木也长出了新叶。这时骑着马在乡间漫无目的地转一转，一定美妙极了。如果从树篱间的一条小路上，走来一位美丽的姑娘，她会走到马前，面带微笑地向你打招呼。但这是多么荒唐的事情啊，巴斯蒂亚尼城堡的军官怎么能有这种愚蠢的想法呢？

透过布满灰尘的洗衣房窗户，虽然可能有些奇怪，但还能看到一朵朵形状优美的云，此时此刻，远处的小镇上空也正飘着同样的云，人们在悠闲地漫步，时不时地抬头仰望，庆幸冬天已经过去。几乎所有人都穿上了新衣服，或者装扮整齐。年轻的女人们戴上插着鲜花的帽子，穿起色彩斑斓的裙子。每个人看起来都很愉快，仿佛在期待着随时会有好事发生。至少过去就是这样的，不知道现在会不会有所不同了。如果窗边出现了一位美丽的姑娘，当你走过时，她会向你表示问候吗？并非出于什么特别的原因，只是面带微笑，友好地问候你？其实，所有这些想法都非常荒谬，只是会令人感到局促罢了。

透过脏兮兮的玻璃，还可以瞥见一段歪歪扭扭的城墙，同样沐浴在阳光下，但并不明亮。这就是军营的城墙，不管日升还是月落，都无关紧要，只要不妨碍巡逻顺利进行就可以。这只是军营的城墙，仅此而已。但曾有一天，在一个遥远的九月，这位军官几乎着了迷一般地站在那里望着它。那时，这些城墙对他来说似乎蕴藏着虽然严肃但却令人向往的命运。尽管他并不觉得它们有多美，但还是一动不动地站了几分钟，就像站在一个奇观面前一样。

这位军官在废旧的洗衣房里走来走去，其他军官则在各个堡垒值班，也有人正在碎石路上骑着马，还有人则坐在办公室里。所有人都不太明白发生了什么事情，但其他人的表情让他感到紧张。他本能地想起，一直以来，都是同样的面孔、同样的对话、同样的巡逻、同样的公文。而与此同时，一些稚嫩的渴望开始在心里酝酿，要确定自己到底渴望什么并不容易，但肯定不是那些墙壁、那些士兵，以及那些号角声。

所以，马儿，沿着平原的道路快快奔跑吧，在天色将晚之前，在看到绿油油的草地、熟悉的树林、人们的住所、教堂和钟楼之前，趁时间还来得及，快快地奔跑吧，即使再累也不要停下来。

那么，永别了，城堡，继续留在这里就要危险了，你的神秘感已经褪去，北方的平原将继续荒芜下去，敌人也不会再来了，再也不会有人向你那破旧的城墙发动进攻了。永别了，奥尔蒂斯少校，我忧郁的朋友，你再也无法离开山顶上的这座小城堡了，就像其他许多人一样，你苦苦等待的时间太久了，但时间的脚步比你更快，你已经无法重新开始了。

但德罗戈却可以，任何许诺都不能将他继续留在城堡里了。现在他将回到平原，回归普通人的行列，分配到一个特殊的职务也并非难事，或许还可以跟随将军出国执行任务。这些年来，他一直身处城堡，一定错过了很多好机会，不过他还年轻，还有大把的时间可以去弥补。

永别了，城堡，还有那些荒唐的堡垒、耐心的士兵，以及上校先生，他每天清晨都会偷偷地用望远镜巡查着北方的沙漠，但这毫无意义，那边只是一片荒芜。然后，向安古斯蒂纳的坟墓道别，也许他是最幸运的，至少他死得像一位真正的士兵，总比躺在医院的病床上要好。也向他那间宿舍道别，毕竟自己已经在那里度过了成百上千个夜晚。之后，再向那个庭院道别，今晚，哨兵队还将在那里按惯例列队。最后，再向北方荒原道别，对于那里，他早已是万念俱灰。

不要再胡思乱想了，德罗戈，既然你已经走到了平原边缘，道路即将伸入谷地，就不要再回头了，不然就太愚蠢了。你对巴斯蒂亚尼城堡的每一块石头都可以说是了如指掌，所以不可能会忘记它。马儿欢快地奔跑着，时日正好，空气温和又清新，大好的生活就在前方，甚至尚未开始，所以还有什么必要再多看一眼这些城墙、炮台以及在堡垒边缘巡逻的哨兵呢？就这样，生命中的这一页就慢慢地翻过去了，新的一页即将展开，算上其他已经过去的部分，不过只有薄薄的一叠，相比之下，那些未来待续的部分将无穷无尽。但是，中尉先生，这翻过去的一页，也终归是生命的一部分。

事实上，走到了碎石平原边缘的时候，德罗戈并没有回望，他没有一丝犹豫，就策马奔下了山坡，甚至连头都没有转过一寸，还略带悠闲地吹着口哨哼着歌，尽管这需要费些力气。

第
十
八
章

　　家里的大门正敞开着，德罗戈立刻感受到了一种从前的家的气息，就像小时候在别墅度过夏天之后回到城里一样。那是一种熟悉又亲切的气息，但过了这么久，还是稍有不同的。是的，他想起了遥远的岁月、星期天的快乐、令人愉悦的晚餐，以及逝去的童年，但同时也想起了紧闭的窗户、家庭作业、晨扫、疾病、争吵和老鼠。

　　"哦，是先生！"为他开门的是亲切的乔瓦娜，她兴奋地喊道。他的妈妈紧跟其后。谢天谢地，她没什么变化。

　　他坐在客厅里，尽力回答着各种各样的问题，但他感受到这种快乐逐渐唤醒了悲伤的情绪。和以前相比，家里显得空荡荡的。他的兄弟们中，一个出国了，另一个出门旅行了，不知如今身在何方，还有一个去了乡下。只有他的妈妈还在家，但过一会儿，她也要出门到教堂参加仪式，那里有一个朋友在等着她。

他的房间还是老样子，和他离开时无异，连一本书也未曾动过，但他却感觉并不是从前的那一本了。他坐在椅子上，听着街上车流的喧闹声，厨房里传来断断续续的杂音。他一个人孤零零地待在房间里，妈妈在教堂里祷告，兄弟们远走他乡，好像整个世界都不需要德罗戈了。他打开窗户，望着灰色的房屋、一座连着一座的屋顶，以及雾蒙蒙的天空。他又从抽屉里翻出了上学时用的旧笔记本和一本记了多年的日记，另外还有几封信。他惊讶于自己竟然写过这些东西，他已经完全记不起来了，所有的一切都在提醒着那些他早已遗忘的荒唐事。他坐在钢琴前，试着弹了一个和弦，然后又把琴盖放了下来。现在该怎么办？他问自己。

他像是一个外来的人，在城里四处游荡，寻找着老朋友，他知道他们都很忙，有人做生意，有人从政，还有人在企业上班。他们和他谈论的，都是一些正经而重要的事情，比如工厂、铁路、医院，等等。有些人邀请他共进午餐，而有些人已经结婚，所有人都走上了不同的人生道路，四年的时间里，他们之间早已疏远。无论他如何努力（也许连他自己都已经力不从心），他都无法再重温昔日的话题、玩笑和聊天习惯了。他在城里四处游荡，寻找着老朋友，他曾经有许多朋友的，但最终发现依然是自己一个人在街上闲逛，傍晚来临前，还有许多空闲时间需要消磨。

晚上，他想在外面待到很晚才回家，要好好玩儿一番。每次他都是怀着年轻时对爱情的朦胧憧憬出门，然而，每次都会失望而归。他开始憎恨这条独自回家的路了，这条路永远没有变化，冷冷清清。

这天，恰逢一场盛大的舞会正在举办，德罗戈在他唯一找回来的朋友韦斯科维的陪伴下进入了一座宫殿，他感觉自己精神焕发。虽然已经到了春天，但夜晚依然很长，仿佛有着无尽的时间。黎明到来前，可能会发生许多事情，德罗戈一时说不上来，但可以肯定的是，有数个小时的极致欢乐在等待着他。他开始和一个身着紫衣的姑娘开起了玩笑，现在还没到午夜，也许爱情在天亮之前就会发生。但这个时候，这家的主人叫住了他，要带他细细地参观这座宫殿，他带着德罗戈走过迷宫般的走廊，硬拉着他来到了藏品室，一件一件地给他介绍自己收藏的兵器，并跟他大聊特聊战略问题、军事笑话以及王室逸事。时间一分一秒地过去，时钟的指针飞快地转动着。当德罗戈好不容易摆脱了这位主人，匆忙回去跳舞时，舞厅里的人已经走了一半，那个身着紫衣的姑娘也不见了踪影，可能已经回家去了。

德罗戈试着喝起了酒，但没有感受到丝毫的愉悦，他没来由地大笑了起来，同样是徒劳无益，甚至连酒精也不起作用了。小提琴的乐声越来越微弱，乐手后来就真的只是在空拉，因为没有人再跳舞了。德罗戈觉得自己嘴里有点儿苦，他站在花园的树丛间，隐隐约约听到了华尔兹舞曲的回响，这场宴会的醉人氛围慢慢消退了，天空逐渐开始泛白，黎明即将来临。

繁星落尽，德罗戈站在草木的黑影下，看着白昼升起。这时，一辆接一辆镶有金饰的马车驶离了宫殿。现在，就连乐手也停了下来，一名仆人在大厅里走动着，将灯火熄灭。在德罗戈头顶的树上，传来了尖细清脆的鸟鸣。天空逐渐放亮，一切都在安静地休息，满怀希望地期待着又一个美好日子的到来。德罗戈在想，此时，第一缕阳光应该已经照到城堡的各个堡垒以及发冷的哨兵们身上了吧。他的耳朵还在徒劳地等待着号角声传来。

他穿过仍在沉睡的城市，用力地打开家门，发出了巨大的声响。此时，一缕晨光透过百叶窗的缝隙照进了家中。

"晚安，妈妈。"他一边说着，一边穿过走廊。和很久以前他深夜回家时一样，从大门口旁边的房间里，传来一阵含混的声音，那声音令人备感亲切，即使还带着睡意。他安安静静地继续朝自己的房间走去，猛然意识到妈妈刚刚在讲话。"怎么了，妈妈？"他在一片寂静中问道。但就在这一瞬，他发现自己错把远处马车的行进声当成了妈妈那亲切的声音。其实，妈妈并没有回应他，儿子夜里的脚步声再也不能像以前那样把她唤醒了，早已变得像是外人的脚步声了，仿佛随着时间的流逝，这声音也发生了改变。

曾经，他的脚步声像是既定的呼唤，妈妈在睡梦中也可以听到。夜里所有其他的声音，无论是街上的车马声、孩子的哭声、狗吠、猫头鹰的叫声、百叶窗晃动的声音、屋檐下的风声、雨声，还是家具吱嘎作响的声音，即使这些声音响亮得多，也都不足以吵醒她，只有德罗戈的脚步声能够将她唤醒，但这并不是因为脚步声很响（德罗戈向来都轻手轻脚的）。没有什么特殊原因，只因为他是自己的儿子。但现在不是这样了。现在，德罗戈像以前一样，用同样的语调向妈妈问好，觉得妈妈还会被他熟悉的脚步声唤醒。但其实除了远处马车的声音，没有人回应他。他想，这可能只是件微不足道的小事，一个可笑的巧合。但当他准备上床睡觉时，一股苦涩的感觉涌上心头，昔日的亲情已经淡薄了，仿佛时间和距离慢慢地在他们之间拉上了一层帘幕，将他们分隔开来了。

第十九章

　　之后，他去拜访了玛丽亚，他的朋友韦斯科维的妹妹。他们家有一个花园，现在正值春天，树上已经长出了新叶，鸟儿在枝头歌唱。玛丽亚微笑着在门口迎接他。听说他要来，还特意换上了一身蓝色的衣服，很显腰身，和德罗戈很久以前喜欢的那一身十分相像。

　　德罗戈本以为自己会心情激动，心跳加速。但当自己靠近玛丽亚，再次看到她的笑容，听到她说"哦，终于又见到你了，乔瓦尼！"（这话与他预想的大相径庭）的时候，他才意识到时间已经流逝了多久。

自己还是老样子，他想，也许只是肩膀宽了一些，被城堡的阳光晒黑了一些。她也没有变。不过，他们之间好像隔着些什么。

外面的阳光太强烈了，他们便走了进一间大客厅，整间大厅沐浴在柔和的光影里，一缕阳光照在了地毯上，时钟的指针转动着。

他们侧着身子坐在沙发上，这样就可以看着彼此。德罗戈盯着她的眼睛，却不知说些什么，而玛丽亚则目光热烈地四处张望着，有时看向他，有时看向家具，有时又看向自己那一副崭新无比的绿松石手镯。

"弗朗切斯科过会儿就来，"玛丽亚高兴地说，"所以你先和我待一会儿，不知道你有多少事要跟我讲！"

"哦，"德罗戈说，"其实没什么特别的，就一直是……"

"不过，你为什么这样看着我？"她问道，"你觉得我变了吗？"

不，德罗戈觉得她并没有变，但一位姑娘四年来没有任何明显的变化，也的确令人惊讶。德罗戈还隐约感到一丝失落和冷淡。因为他再也找不到从前说话的语气了，他们过去就像手足一样聊天，可以随便开玩笑，也不会伤害到对方。但为什么她现在那么镇定地坐在沙发上，讲话也那么客气？他本该拉着她的胳膊说："你疯了吗？你在想什么，竟然这么严肃？"这种冷淡的气氛早应被打破，但德罗戈感到束手无策。在他面前的，是一个与过去截然不同的全新的人，这个人的想法他丝毫不知。或许，他自己也不再是从前的他了，而且明明是自己先开始用虚伪的语气讲话的。

"变了？"德罗戈回应道，"不，不，你一点儿都没变。"

"啊，你这么说是因为觉得我变丑了吧，是这样的吧。跟我说实话！"

这真的是玛丽亚在说话吗？她不是在开玩笑？德罗戈几乎难以置信地听着她的话，每时每刻都希望她能抛开那优雅的微笑和做作的态度，开始放声大笑。"是变丑了，是的，我觉得你确实变丑了。"如果是在以前，德罗戈一定会这样回答，并用一只胳膊揽住她的后腰，而她也一定会紧紧搂住他。但如今呢？再这样说就太荒唐了，简直就是个低劣的玩笑。

"不，我跟你说，"德罗戈回答道，"你并没有变，我向你保证。"

玛丽亚看着他，不置可否地笑了笑，然后转移了话题。"现在告诉我，你这次回来就留下不走了吗？"

对于这个问题，德罗戈早有预料（"这取决于你。"

他曾想过这样回答）。他曾期待着见面的时候被这样问，因为如果玛丽亚真的很在乎的话，问出这个问题也是再自然不过的。但现在，这个问题来得有些突然，那其中的意义就不同了，因为它就像是一个随口问出来的问题，其中没有蕴含任何感情。

有那么一瞬间，半明半暗的客厅中一片寂静，花园里传来了鸟鸣声，远处的房间里还有人正在练习钢琴和弦，曲调缓慢而枯燥。

"不知道，我还不确定，我目前只是请了假。"德罗戈回答道。

"只是请了假吗？"玛丽亚立刻问道，声音微微颤抖着，可能只是偶然之间透露出来的，也可能是因为失望，甚至可能是出于悲伤。但他们之间好像真的隔着些什么，像是一层说不清道不明的模糊帘幕，并不会消散，也许就是在他们长期分离的时候慢慢生成的，一天一天地将他们分隔开来，但他们两人却浑然不知。

"两个月之后，我或许就要回去，可能去别的地方，也可能直接留在城里。"德罗戈解释道。现在的对话让他感到很疲惫，冷淡的感觉已经进入了他的内心深处。

两人都没有再讲话。午后的阳光凝滞在了城市上空，鸟儿也不再鸣叫，只能听到远处传来的琴声，曲声忧伤而有节律，音调也逐渐升高，传遍了整座房子，那音调中含有一种挥之不去的疲惫感，一种难以言表的艰涩意韵。

"是楼上米凯利的女儿在练琴。"玛丽亚说道，她注意到德罗戈在听。

"你以前也弹过这首曲子，对吗？"

玛丽亚优雅地转过头，似乎也在听着。

"不，不，这首曲子对我来说太难了，你一定是在别的地方听到的。"

德罗戈说："我想好像是……"

生涩的琴声持续传来。德罗戈望着地毯上的那束阳光，想起了城堡，想起了融化的积雪、平台上的水滴，以及山里萧条的春色，只有草地上的几朵小花，以及风吹来的青草香能够昭示春天的到来。

"但你现在想要调任，对吗？"玛丽亚继续问道，"已经这么久了，你完全有权利这么做。那里一定很无聊吧！"她说最后一句话时略带怒气，似乎非常憎恨城堡那个地方。

"可能有些无聊，当然，我更愿意留下来和你在一起。"德罗戈脑海中闪过这句羞耻的话，就像是一种大胆的设想。虽然听起来很俗套，但或许也足够了。不过突然间，所有的希望都破灭了，德罗戈不禁厌恶地想到，这些话如果从他口中说出来，该有多么可笑。

"嗯，是的，"他接着说，"但日子过得很快！"

琴声再次传来，但为什么和弦的音调一直在升高，没有终结呢？那音调刻板又空洞，毫无感情地重复着，再现了一个很久以前的珍贵故事。他们回忆起那个雾气朦胧的晚上，在城市的灯火中，他们走在光秃秃的树下，道路上空无一人。突然，他们毫无缘由地开心了起来，像孩子一样手牵着手。他还记得，那天晚上，也有人在房子里弹着钢琴，音符从亮着灯的窗户里飘了出来。虽然那个人可能只是在进行无聊的练习，但德罗戈和玛丽亚从来没有听过比这更甜蜜、更温情的音乐了。

"当然，"德罗戈开玩笑地补充道，"那里没什么大型的娱乐活动，但大家也已经习惯了……"

在弥漫着花香的客厅里，他们的谈话似乎逐渐流露出了一种诗意的忧愁，一种承认爱情存在后的亲切伤感。"谁知道呢，"德罗戈想，"毕竟已经分离了这么久，第一次重逢不会是另一番样子的，或许我们还能再续前缘，我还有两个月的时间，所以，不能凭这一次就下结论，也许她还爱着我，而我也可能不会再回城堡了。"

然而，玛丽亚却说道："真遗憾！三天以后，我和妈妈还有乔吉娜就要离开了，我想，我们此行要去好几个月。"一想到这，她就好像变得很高兴似的，"我们要到荷兰去了。"

"去荷兰？"

玛丽亚现在提起这次旅行，激动之情溢于言表，她谈到了即将同行的朋友、他们的马、狂欢节盛典、她的生活以及她的同伴，但却忽视了德罗戈的存在。

此时，她完全放松了下来，看起来也更美了。

"真是个好主意。"德罗戈说，他感觉自己的喉咙哽住了，"我听说，现在是荷兰最美的季节。据说那里的平原上都盛开着郁金香。"

"哦，是的，那一定很美。"玛丽亚赞同道。

"他们那里的人不种小麦，而是种玫瑰。"德罗戈继续说道，声音微微颤抖，"成千上万株玫瑰一眼望不到尽头，你还可以看到上面的风车，全都被重新刷上了明艳的颜色。"

"重新刷上颜色？"玛丽亚问道，她开始明白德罗戈是在开玩笑了，"你说的这是什么意思呢？"

"大家就是这么说的。"德罗戈回答道，"我也是在书里看到的。"

那束阳光已经移过地毯，沿着写字台上镶嵌的图案逐渐爬升。午后时光很快就要过去了，琴声也逐渐变得微弱，花园外一只孤独的鸟儿又开始歌唱。德罗戈凝视着壁炉里的炭架，发现它们与城堡中的那一对炭架一模一样，这样的巧合反倒给他带来了些许安慰，仿佛证明了城堡和城市依然属于同一个世界，有着相同的生活习惯。然而，除了炭架之外，德罗戈并未发现任何其他的相同之处。

"是的，那一定很漂亮，"玛丽亚低下头说，"但现在临近出发了，我反倒没什么兴致了。"

"不是什么大问题，临近出发时总是会发生这样的情况，毕竟收拾行李确实太麻烦了。"德罗戈故意这样说道，假装自己并未理解对方在感情方面的暗示。

"哦，不是收拾行李的原因，不是因为这个……"

本来只需要一个词，或者简单的一句话就可以告诉她，她的离开让自己感到很遗憾，但德罗戈什么也不想说，因为那一刻他的确也不能说，不然就会让他觉得自己是在撒谎。所以他保持了沉默，只是露出一个淡淡的微笑。

"我们到花园里走一走怎么样？"最后，玛丽亚已经不知道再说些什么了，便这样提议道，"太阳很快就要落山了。"

他们从沙发上站了起来。她沉默不语，似乎在等待德罗戈先对她开口，她望着德罗戈，眼神中或许还残存着一丝爱意。但德罗戈一看到花园，思绪就飞到了城堡周围那片贫瘠的草地上，即使是在那里，温暖的季节也快要到来了，顽强的小草会在石缝间发芽生长。数百年前，也许就是在这样的日子里，鞑靼人到来了。

德罗戈说道："如今才四月，天气就已经很暖和了。你等着看，之后就快下雨了。"他这样说道，玛丽亚的脸上闪过一丝凄凉的微笑。

"是的，确实很暖和了。"她语气冷淡地回答道。这时，两个人都感觉到，一切已经结束了。现在，他们已相隔遥远，中间一片空白，他们伸出手去触摸彼此，也不过只是徒劳。每一分钟，两人之间的距离都在扩大。

德罗戈清楚，他仍然爱着玛丽亚，爱着她所在的这个世界，但所有滋养他过往生活的事物都已经远去了。这已经是一个别人的世界了，他在其中的位置轻易就会被占据。尽管心存遗憾，但他现在是作为一个外人来看待这个世界的。要是重新回到这个世界，他会感到不自在。全新的面孔、不同的习惯、新的笑话、新的说话方式，都是他没有经历过的。这已经不再是他的生活了，他已经走上了另一条路，再回来将是愚蠢的，也毫无益处。

韦斯科维到最后也没有回来，德罗戈和玛丽亚便相当客套地告别了，他们各自都将心底的秘密封存了起来。玛丽亚紧紧地握住德罗戈的手，望着他的眼睛，也许是在请求他不要就这样离开？请求他原谅自己？请求他重拾已经失去了的一切？

他也定定地看着她，说："再见吧，在你离开之前，我希望我们还能再见面。"然后，他迈着极具军人气概的步伐向门口走去，头也不回。周围一片寂静，只能听到他踩在碎石路上发出的铿锵声响。

第
二
十
章

　　德罗戈已经在城堡服役四年了，他早已有权申请调到别的地方去，但为了避免被调到一个更远的驻地，也为了能够留在自己的城市，他提出要与师长私下里进行一次面谈。其实，是他的妈妈坚持让他去谈的。她说，要想不被遗忘，就必须主动站出来，如果他不主动出击，没有人会无缘无故地照顾他乔瓦尼的。不然，他很可能会被调到另一个悲哀的边境驻地去。而且这是他的妈妈托了朋友的关系，才让这位将军欣然同意接待她的儿子。

　　将军的办公室非常宽敞，他坐在一张大办公桌后面，正抽着雪茄。这只是普通的一天，也许在下雨，也许只是阴天。将军年事已高，透过单片眼镜慈祥地注视着德罗戈中尉。

"我想和您谈谈，"他先开了口，好像他本来就打算找德罗戈面谈一样，"我想知道那边的情况如何。菲利莫雷一直都好吗？"

"直到我离开的时候，上校先生一切都好，阁下。"德罗戈回答道。

将军沉默了片刻，然后和善地摇了摇头："唉，你们给我们惹了不少麻烦，就是你们上边，你们那座城堡里的人！没错……没错……就是勘定边界那件事。那个中尉的事，我现在记不起他的名字了，这件事让殿下很不高兴。"

德罗戈没有回应，他不知道该说些什么。

"是的，那个中尉……"将军继续自言自语道，"他叫什么名字？好像叫'阿尔杜伊诺'吧。"

"他叫'安古斯蒂纳'，阁下。"

"是的，安古斯蒂纳，啊，他真是个人才！愚蠢又固执，还连累了勘定边境的工作……我不知道他们是怎么……好了，不提了！"他突然不说了，想以此来展现自己内心是多么宽宏大量。

"但请允许我说一句，阁下。"德罗戈大胆地说道，

197

"安古斯蒂纳已经离世了！"

"可能是吧，很好，您说得对，可我现在记不太清了。"将军如此说道，仿佛这只是件毫不起眼的小事，"但殿下对此非常不满，真的非常不满！"

他没有再讲话，而是抬起了头，用质疑的目光看向了德罗戈。

"您来我这里，"他用充满潜台词的外交口吻说道，"您来我这里是想调回城里的，不是吗？你们都渴望回城，你们都是这样，但你们不明白，正是在遥远的驻地里，才能学会如何成为一名优秀的士兵。"

"是的，阁下。"德罗戈回复道，他努力控制着自己的言辞和语气，"可是我已经在那里服役了四年……"

"在您这个年纪服役四年！那能说明什么？……"将军笑道，"不管怎么说，我并没有责备您的意思……我只是说，一般情况下，这还并不足以让培养军官的宗旨和精神贯彻到……"

他突然停住了，像是断了思路。凝神片刻后，他继续说道："不过，亲爱的中尉先生，我们会尽量满足您的要求。现在，让我们先看看您的档案吧。"

在等待档案被送来的时候，将军接着说道："城堡……"他说，"巴斯蒂亚尼城堡，让我们来看看……中尉先生，您知道巴斯蒂亚尼城堡的缺点是什么吗？"

"不知道，阁下。"德罗戈说道，"或许它太孤独了。"

将军露出了慈祥的笑容，夹杂着些许怜悯的意味。

"你们年轻人的想法真奇怪，"他说，"竟然说太孤独了！我跟您说实话，我从没这样想过。城堡的缺点，想让我告诉您吗？那就是驻军太多了，那里的驻军太多了！"

"驻军太多？"

"正因如此，"将军没有注意到中尉插了话，继续说道，"正因如此，我们才决定修改规定。对了，城堡里的人对此怎么说？"

"关于什么？阁下，请原谅我的无知。"

"就是我们正在谈论的这件事啊！关于新规，我告诉过你的。"将军厌烦地重复道。

"我从未听说过什么新规，真的，我从未……"德罗戈惊讶地说道。

"是这样，也许官方命令还没有下达，"将军平静地回应道，"但我想，您应该也是知道的，一般来说，军人都很擅长事先了解情况。"

"新规是什么呢，阁下？"德罗戈好奇地问道。

"缩编，城堡的驻军数量会减半。"对方语气生硬地回复道，"驻军太多了，我以前就经常说，这座城堡必须尽快缩编！"

这时，一名副官抱着一大摞文件走了进来。他在桌子上翻动着这些文件，找出了其中一份，正是德罗戈的档案，递给了将军。

"一切都正常，"将军说道，"但我想，还缺少一份调职申请。"

"调职申请？"德罗戈问道，"我以为四年后就不需要提交了。"

"通常情况下是不需要的，"将军回复道，显然，向下级作解释已经让他感到不耐烦了，"但既然这次缩编幅度这么大，大家都想调任，就要遵从先来后到。"

"可是城堡里还没有人知道这件事，阁下，还没人提出过申请……"

将军转向了那名副官："上尉先生，"他问，"有没有人申请调离巴斯蒂亚尼城堡？"

"我想，已经有二十几个人了，阁下。"上尉回答道。

真是个笑话，德罗戈心里暗暗想着。同伴们显然都在瞒着他，想要走在他前面。就连奥尔蒂斯也如此卑鄙地欺骗自己吗？

"请原谅，阁下，如果我坚持请求的话会怎么样？"德罗戈大胆地说道，尽管他明白这件事已经敲定了，"因为在我看来，连续服役四年的事实应该比形式上的先来后到更有说服力吧。"

"您的四年不算什么，亲爱的中尉先生，"将军态度冷淡地反驳道，语气几近冒犯，"与许多在那边服役了一辈子的人相比，您的四年微不足道。我能以最大限度的宽容来考虑您的情况，可以支持您合理的愿望，但我不能处事不公正。除此之外，还需要考量奖惩情况……"

德罗戈脸色惨白。

"但是，阁下，"他几乎是结结巴巴地问道，"那我有可能一辈子都留在那边了？"

"……需要考量奖惩情况，"对方不慌不忙地继续说道，他仍在翻阅着德罗戈的档案，"比如，我看到这里，在我眼皮底下，就有一个'一般警告'。'一般警告'倒不是什么严重的事情……（他同时继续浏览着档案）但在我看来，这里有一个相当不妙的情况，有一个哨兵被误杀了……"

"但是，阁下，这和我并没有……"

"我不能听您的辩解，您很清楚这一点，亲爱的中尉先生。"将军打断了他，"我只看您档案里写的内容，我承认这纯属不幸，也很有可能发生……但您的同事们都知道如何避开这种不幸的影响……我愿意尽我所能，您看到了，我也愿意亲自接待您。但现在……如果您一个月前提出申请就好了……很奇怪，并没有人通知您这件事……毫无疑问，这是相当不利的情况。"

将军最初和善的语气已经消失了。现在，他的言语中夹杂着微妙的厌烦和嘲弄，声音微微颤抖着，流露出自负的态度。德罗戈意识到自己像一个傻瓜，意识到他的同事们愚弄了他，意识到将军对他的印象一定很差，但他也无能为力了。这种不公正的感觉让他心生怒火，整个胸口都剧烈地燃烧了起来。"我也可以离开，直接辞职。"他想，"无论如何，我也不会饿死的，我还年轻。"

将军抬手做了一个很随意的手势，说："好吧，再见，中尉先生，打起精神来。"

德罗戈踢着脚跟僵硬地打了个立正，然后向后退去，最后在门口行了一个军礼。

第二十一章

　　一匹马踏进了这片荒凉的山谷，寂静的谷地中传来巨大的回响，崖顶上的灌木丛纹丝不动，枯黄的野草一片沉静，就连天空中的云也只是缓慢地飘动着。这匹马在白色的道路上慢慢地攀行着。是德罗戈回来了。

　　的确是他，他已经走近了，轻易就能认得出来，从他的脸上，看不出有任何特别的痛苦的表情。这说明他没有反抗，也没有辞职，他一声不吭地忍下了不公，回到了老地方。在他的灵魂深处，甚至还有一种微妙的满足感，认为自己避开了生活的骤变，可以重新回到早已习惯的生活中了。德罗戈幻想着，从长远来看，他还有机会一雪前耻，赢得荣光，他相信自己还有大把的时间，因此放弃了对日常生活进行微不足道的斗争。他想，总有一天，所有的付出都会得到丰厚的回报。然而，其他人也突然赶到了，他们争先恐后，不顾一切地冲了过来，将德罗戈甩在身后。德罗戈看着他们消失在远方，困惑不已，不禁怀疑起来：会不会是自己错了呢？自己或许只是一个普通人，那么按理说，应该只有平庸的命运才会降临在自己身上？

德罗戈来到了孤独的城堡，如同在那个遥远的九月一样。只是现在，没有其他军官在山谷对面行进了，在两条路汇合处的那座桥上，奥尔蒂斯上尉也不会再迎面走来了。

德罗戈独自一人赶着路，同时在思考着他的人生。此次回到城堡，不知还要待多久，许多同伴在这些日子里已经离开了。德罗戈想，同伴们都很狡猾，但也不排除他们实际上更优秀，这不乏是一种解释。

随着时间的逝去，这座城堡也变得越来越不重要了。在过去，这里或许是关键的军事哨所，至少曾是如此。可现在驻军已经减半，这里只相当于一个安全屏障，被排除在任何战略计划之外。它的存在只是为了避免边境失去防御。不会再有来自北方荒原的威胁了，最多只可能会出现一些游牧商队。那这座城堡存在的意义是什么呢?

德罗戈这样思索着,于下午抵达了最后一片平原的边沿,城堡就在眼前了。它不再像初见时那样隐藏着令人不安的秘密了,它只不过是一个边境上的卫戍军营,一座可笑的山顶城堡罢了。面对新型大炮,它的城墙根本抵挡不了几个小时。随着时间的推移,这里终将变成一片废墟,毕竟目前就已经有几座城垛倒塌了,一个平台也出现了塌陷,至今无人修复。

德罗戈这样想着,在这片平原的边沿上停了下来,他看着城墙边上的哨兵来回巡逻。屋顶上的旗帜软塌塌地垂了下来,没有一缕烟雾从烟囱中升起,光秃秃的平台上毫无生气。

现在的生活多么乏味啊。也许活泼的莫雷尔会是第一批离开的人,那样的话,德罗戈在这里就几乎没有朋友了。他还是会一成不变地值班、打牌、跑到附近的村镇里喝几杯,并无聊地和姑娘们调情。德罗戈想,这是何等的悲哀啊。然而,苍黄的堡垒周围依然飘荡着些许残存的魅力,山上、壕沟的角落里,以及营房的阴影中也萦绕着一丝神秘感,让人不禁对未来的事物感到迷茫。

回到城堡后,他发现很多事情都变了。由于许多人即将离开,到处都弥漫着激动的氛围。但目前还不知道谁会离开，几乎所有的军官们都申请了调任。他们焦虑地等待着，忘记了过去的忧虑。菲利莫雷同样递交了申请，大家都知道他一定会离开城堡的，这也就打乱了原有的值班节奏。躁动的情绪甚至在士兵当中蔓延开来，大部分连队还没有固定下来，只能来到下方的平台上集合再分配。士兵们都漫不经心地轮岗，往往到了换岗的时候，小分队还没有准备好，大家都认为采取如此严谨的防御措施非常愚蠢，而且徒劳无益。很显然，过去的希望、对战争的幻想、对北方敌人的期盼，这些只不过是给这里的生活强加一定意义的借口罢了。现在有机会回到普通人的社会里，这些缘由就变得像是年轻人的狂热而已，没有人愿意承认他们依然相信这些说法，也没有人不对此冷嘲热讽。现在，最重要的就是离开。德罗戈的每一位同事都开始动用有影响力的关系，以获得优先权，每个人在心里都坚信自己能够成功。

"那你呢？"同事们同情地问向德罗戈。他们都对他隐瞒了这一重大消息，以便让他错过这个机会，来减少一个竞争对手。"那你呢？"他们问他。

"我可能还要在这里多待几个月。"德罗戈回答道。其他人则立刻鼓励他：啊，他肯定也会调任的，这是很公平的，他没必要这么悲观，诸如此类。

众多人中，只有奥尔蒂斯似乎没有改变，他并没有申请调任。多年来，他一直对此事不感兴趣，驻军减半的消息是在最后才传到他耳朵里的，这也是他没有及时提醒德罗戈的原因。奥尔蒂斯冷眼旁观着最近的骚动，一如既往地热心地投身于城堡的事务中。

终于，离别时刻正式开始了。装载兵营物资的马车络绎不绝地开进庭院中，然后再把要离开的连队接走。上校每次都从办公室下来检阅他们，向士兵们告别，声音坚定而低沉。这些军官们已经在这里生活了许多年，在无数个日子里，一直在堡垒的防护坡上眺望着北方的荒原，不停地讨论着敌人是否会突然袭击。这些军官中的许多人在离开时都一脸喜色，傲慢地朝着留下的人们挤挤眼睛，然后骑着马向山谷走去，他们挺直腰板，大摇大摆地坐在马鞍上，率领着自己的部队，对他们服役的这座城堡，甚至没有回头看最后一眼。

只有莫雷尔并非如此。那是一个阳光明媚的早晨，在庭院中央，他和即将一同离开的战友站成一排，向司令官上校致敬告别。当他们放下军刀集体致敬时，只有莫雷尔的眼睛在闪闪发光，他喊口令的时候声音还在颤抖。德罗戈背靠墙壁，看着这一幕，当他的战友骑马从他身边经过，向门口走去时，他还致以了微笑。这可能是他们最后一次见面了，德罗戈将右手举到帽檐旁，行了一个标准的军礼。

然后，他重新回到了城堡的大厅中，即使正值夏天，大厅里也渗着寒气，这里变得日渐冷清了。一想到莫雷尔也已离开，自己遭受不公对待的那道伤口突然又裂开了，疼痛难忍。德罗戈去找奥尔蒂斯，发现他手里拿着一包文件，正从办公室里走出来。他走到奥尔蒂斯面前，站在他身旁说："早上好，少校先生。"

　　"早上好，德罗戈，"奥尔蒂斯停顿了一下，回答道，"有什么事吗？你想找我说什么吗？"德罗戈确实想问他一些事情。虽然只是普通的事情，毫不紧迫，但几天来却一直萦绕在他的心头。

　　"对不起，少校先生，"他说，"您还记得四年半以前，我刚到城堡的时候，马蒂少校告诉我说，留在这里的人都是自愿留下的，如果想离开，完全可以随意离开。您还记得我告诉过您这件事吗？根据马蒂所说的，我只要去进行一次体检就可以了，而且这也只是为了有个形式上的说辞，他只是说如果不这样做的话，会惹上校不开心的。"

　　"是的，我隐约有点儿印象。"奥尔蒂斯有些不耐烦地回答道，"不好意思，德罗戈，但我现在……"

　　"稍等一下，少校先生，您还记得为了避免惹麻烦，我要在城堡多待四个月。但如果我想的话，是可以离开的，对吗？"

奥尔蒂斯回答道："我理解，亲爱的德罗戈，但你不是唯一一个……"

"那么，"德罗戈情绪激动地打断了他，"那么这些都是假话吗？并不是我想离开就能离开？所有的假话都是为了哄骗我吗？"

"哦，"奥尔蒂斯回复道，"我并没有这样觉得……您不要这样想！"

"您不要否定我，少校先生，"德罗戈坚持说道，"您也坚信马蒂说的是真话，是吗？"

"我差不多也是同样的遭遇。"奥尔蒂斯盯着地面，为难地说道，"我当时也以为自己会有大好前程……"

他们就这样静静地站在一条大走廊里，对话的声音在墙壁间悲哀地回响着，毕竟这里空荡荡的，一个人也没有。

"那其实这里所有的军官都不是主动申请来的？而是都像我一样，是被迫留下来的，是不是这样？"

奥尔蒂斯沉默不语，于是用军刀的刀尖随意地戳着地面的石缝。

"那些人说自己是自愿留在这里的，其实都是假话对吗？"德罗戈仍坚持问道，"可为什么从来没有人敢说出来呢？"

"也许并不完全像您说的那样，"奥尔蒂斯回答道，"有人是自愿留在这里的，虽然我认为这样的人会很少，但的确有这样的人……"

"有谁？告诉我有谁！"德罗戈激动地说道。

然后，他立即克制住了自己："哦，对不起，少校先生，"他补充道，"当然，我不认为会是您，您知道人们对此是怎么说的吗？"

奥尔蒂斯笑了笑："啊，我这样说不是为了我自己，您明白吗？我可能也是被迫留在这里的！"

他们两人一起走着，走过那些已经紧闭的矩形小窗。从这些窗子望出去，可以看到城堡后面光秃秃的荒原、南方的山脉，以及山谷里浓重的雾气。

"那么，"德罗戈沉默了一会儿，继续说道，"那么，所有那些激情，那些关于鞑靼人的故事，他们并不是真的渴望成真吧？"

"他们当然渴望了！"奥尔蒂斯说道，"实际上，他们对此深信不疑。"

德罗戈摇摇头："我无法理解，这简直是空话……"

"您想让我怎么说呢？"少校说道，"这些事儿有点儿复杂……在这里就像是被流放，因此需要找到某种出口，需要寄希望于某些东西。有人最先想到了这一点，于是他们便谈论起了鞑靼人，没有人知道谁是第一个发起者……"

德罗戈说："可能是因为身处这个地方，又看到了那片沙漠……"

"当然，这个地方……那片沙漠，那尽头的雾气，那一座座山脉，不可否认……也有身处这个地方的原因吧，确实如此。"

他沉默了片刻，然后又继续说道，仿佛是在自言自语："鞑靼人……鞑靼人……这一开始听起来像是蠢话，但自然而然地，到最后就会信以为真，至少很多人都是这样的。"

"但是您，少校先生，请原谅，您……"

"我的情况就不一样了。"奥尔蒂斯说道，"我已经过了你们这个年纪了，不再有事业上的追求了，我只需要一个安静的地方就可以了……而您，中尉先生，您还有很长的路要走。再过一年，最多一年半，您也会调任的……"

"莫雷尔现在走到那边了，他可真幸运！"德罗戈在一扇小窗前停下脚步，感叹道。

顺着平原望过去，可以看到一队人马正在远去。阳光照亮的荒原上，可以清楚地看到那些士兵们。他们虽然身背沉重的行囊，但依然果敢地行进着。

第
二
十
二
章

最后一支要离开的连队在院子里列成了一排。所有人都在想着，明天缩编后新的驻防生活就会正式开始了。大家都迫不及待地想结束这些没完没了的告别仪式，以及目送其他人离开的愤懑心情。连队已部署完毕，正在等着尼科洛西中校来检阅。德罗戈在一旁观望着，他看到西梅奥尼中尉也出现了，只是这位中尉的神情十分怪异。

西梅奥尼中尉已经在城堡服役三年了，看起来是个不错的年轻人，身形有些笨重，很尊重上级，喜欢锻炼身体。

他走进庭院，焦虑地环顾四周，想找个人说点儿什么。随便什么人都行，因为他并没有特别要好的朋友。

他看到德罗戈正望着他，便走上前去。"过来看看吧，"他低声说道，"快点儿，过来看看。"

"看什么？"德罗戈问道。

"我正在第三堡垒值班，抽空过来的，您有时间到那边去看一下吧，有一件事我不太明白。"他有些气喘吁吁地说道，像是刚跑过来。

"在哪里，您看到了什么？"德罗戈好奇地问道。

这时，号角声响了三次，士兵们立正站好，因为这座缩编城堡的司令官到了。

德罗戈变得不耐烦了起来，他急于知晓这个毫无来由的秘密到底是什么。"等他们离开后再说吧。"西梅奥尼重复道，"至少先看到他们走出去再说。我已经想说这件事五天了，但必须先等他们全部离开之后再说。"

最终，在尼科洛西简短的发言和最后的欢呼声过后，这支全副武装的连队离开了城堡，迈着沉重的步伐向山谷进发了。这是九月的一天，天空灰暗又阴沉。

然后，西梅奥尼带着德罗戈穿过空荡荡的走廊，来到第三堡垒的入口处。他们穿过一支哨兵队，来到了一条巡逻小路上。

西梅奥尼中尉拿出了一个望远镜，请德罗戈向前方空出来的那一小块三角形荒原望过去。

"怎么了？"德罗戈问道。

"您先看看，我可不想搞错。您先看一看，然后告诉我看到了什么。"

德罗戈把手肘靠在护栏上，仔细观察着沙漠，通过西梅奥尼的私人望远镜，他清楚地看到了巨石、洼地和稀疏的灌木丛，尽管它们离得非常远。

德罗戈一点一点地仔细观察着沙漠中那片可见的三角形地带，正想说他什么也看不到时，然而，就在最后一刻，当所有景象都隐没在常年弥漫的雾气当中时，他似乎看到一个小黑点正在移动。

他依然把手肘靠在护栏上，透过望远镜观察着，这时他感觉到自己的心在猛烈跳动着。他想，这情形和两年前如出一辙，当时的他以为敌人要攻过来了。

"你是说那个小黑点吗？"德罗戈问道。

"我看到它已经有五天了，但我不想告诉任何人。"

"为什么？"德罗戈问，"你在害怕什么？"

"如果我说了，莫雷尔他们可能就会暂缓出发，这样的话，他们嘲笑我们后，还会留下来利用这个机会。所以还是不说为妙。"

"什么机会？你觉得会是什么机会？也许就像上次那样，只是一支侦察队，也可能只是牧民，或者只是一头野兽。"

"我已经观察五天了，"西梅奥尼说，"如果是牧民，他们早就走了，如果是野兽也一样。那边有东西在动来动去，但基本还是停在原地。"

"那么，你觉得会是什么情况？"

西梅奥尼微笑着看向德罗戈，似乎在想是否该向他揭晓这个秘密，然后他说："我想，他们可能是在修路，修一条军用道路。这次是来真的了。两年前，他们来研究过地形了，如今是真的来了。"

德罗戈礼貌地笑了笑。

"他们要来修什么路呢？怎么可能还会有人再过来。你还没受够上次的教训吗？"

"你也许有点儿近视。"西梅奥尼说道，"你的视力可能不太好了，但我看得很清楚，他们已经开始建路基了。昨天有阳光的时候，我看得清清楚楚。"

德罗戈摇了摇头，对他的固执感到惊讶。难道西梅奥尼还没有等够吗？他还在把自己的发现当作宝藏，害怕它公之于世吗？他害怕别人把它夺走吗？

"曾经，"德罗戈说道，"曾经的我会相信的。但现在我觉得你是在幻想。如果我是你，我会保持沉默的，不然他们之后会嘲笑你的。"

"他们的确是在修一条路。"西梅奥尼带着宽宥的神情看着德罗戈说道，"他们要花上好几个月的时间，但没错，这次是真的。"

"但就算是这样，"德罗戈说道，"就算是像你说的这样，如果他们真的在修路，为的是从北方运来大炮，那城堡怎么还会缩编呢？也许总参谋部很早就知道这一情况了，可能他们几年前就知道了。"

"总参谋部从来不把巴斯蒂亚尼城堡当回事。在这些人开始炮击这座城堡之前，没有人会相信这些事的……即使说服了他们，也为时已晚了。"

"随你怎么说吧。"德罗戈重复道，"如果真的有人来修路，总参谋部一定是知道消息的。你放心吧。"

"总参谋部会收到成千上万条情报，但往往只有一小部分是真的，所以他们什么也不信。算了，争论也没有什么用，你等着看吧，看看事情是否会像我说的那样发展。"

在这条巡逻小路的边缘，只有他们两个人孤零零地站着。哨兵的间距比以前大了许多，他们在各自指定的巡逻路段上走来走去。德罗戈再次向北望去，岩石、沙漠、尽头的雾气，一切空无意义。

后来，德罗戈在与奥尔蒂斯交谈时得知，西梅奥尼中尉这个著名的秘密其实人尽皆知。然而，却没有人在意。许多人反倒非常惊讶，像西梅奥尼这样严肃的年轻人竟然散播这种新奇的谣言。

这些天来，还有一些其他的事情需要考虑。由于人员的缩减，城墙边沿上的哨兵被迫变得稀疏了，他们还进行了多次演练，以便在人力不足的情况下，也可以达到与之前一样的安防效果。某些哨位需要被放弃，某些哨位则需要配备更多装备，各个连队需要重组，并重新分配宿舍。

自城堡建成以来，有些房间是第一次关了门上了锁。裁缝普罗斯多奇莫不得不辞掉三个助手，毕竟他也没有那么多工作要做了。经常会出现这种情况——人们走进空无一人的宿舍或办公室，会发现里面的家具和油画全都被拿走了，只有墙上残留着一些白色的污渍。

平原远处那个移动的黑点仍被视作一个笑话。只有极少数人找西梅奥尼借过望远镜向那边看了看，但他们也只说自己什么都没看到。而西梅奥尼因为没有人把这当回事，就也对这个发现避而不谈了，而且出于谨慎，他也只是笑着说说而已，并非一本正经。

一天傍晚，西梅奥尼来到德罗戈的房间找他。夜幕逐渐降临，哨兵换岗结束，新棱堡的哨兵也已经返回，城堡里正开始准备夜间巡逻，又一个夜晚将被无谓地浪费掉了。

"来看看吧，你一直不相信，那就过来看看吧。"西梅奥尼说道，"要么是我的幻觉，要么就是我看到了一片光亮。"

于是，他们走上了城墙的边缘，来到了第四堡垒的高处。黑暗中，西梅奥尼把望远镜递给了德罗戈，让他仔细观察。

"但是天已经黑了，"德罗戈说道，"这么黑，你想让我看什么？"

"你看一看，你先仔细看看。"西梅奥尼坚持道，"我告诉你，这次不是幻觉，你往我上次告诉你的那个地方看一看，告诉我，是不是能看到有什么东西。"

德罗戈把望远镜放到眼前，对准遥远的北方。一片黑暗中，他看到了一丝微弱的光亮，一个极小的光点，在雾气的边缘时明时灭。

"有光亮！"德罗戈喊了出来，"我看到了一个小光点……等等（他不断地调试着望远镜）……看不清是有很多个光点还是只有一个，有时好像能看到两个。"

"你看见了吧？"西梅奥尼得意扬扬地说道，"还觉得我是笨蛋吗？"

"和这有什么关系？"德罗戈回答道，虽然他还是不太相信，"即使有光亮，那能说明什么呢？也可能是吉卜赛人或牧民的营地。"

"那是工地上的光,"西梅奥尼说道,"是修建新路的工地,你之后就会知道我说的是不是有道理。"

用肉眼却看不见那光亮,这有点儿奇怪。即使是哨兵们(其中有一些曾是极为出色又知名的猎手)也什么都看不到。

德罗戈再次对准望远镜,寻找着远处的光亮,并盯着看了一会儿,然后他把望远镜举了起来,好奇地望向天上的星星。无尽的繁星布满了夜空,美不胜收。但在东方,星星明显要稀疏不少,因为出现了些许模糊的光晕,是月亮要升起来了。

"西梅奥尼!"德罗戈大叫道,因为他发现这位同伴已经不在身边了。对方没有回应他,一定是顺着台阶下去巡查城墙边缘了。

德罗戈环顾四周。黑暗中,他只能辨认出空无一人的巡逻小路、城堡的轮廓以及群山的黑影。钟声敲响,最右侧的哨兵此时需要喊出夜间警告,然后其他哨兵一个接一个地传下去,传遍整座城墙。"注意警戒!注意警戒!"随后呼叫声会再传回来,最终消失在悬崖底部。德罗戈想,既然哨位已经减半,那么声音的重复次数也会减少,整个流程就快得多了。然而,现在却是一片寂静。

这一刻，德罗戈的脑海中突然浮现出一个令人向往的遥远世界。比如，那是一个温柔的夏夜，海边有一座宫殿，可爱的人们坐在一起，听着音乐。这是正值青春年华时可以自由想象的美好画面。此时，东方的海面边缘突然亮了一下，随后又暗了下来，天空开始泛白，黎明即将来临。就这样，人们可以将黑夜抛之脑后，不必躲藏在睡眠中，也不必害怕为时已晚，太阳升起，预示着前方无限的时间，自然不必再焦虑。在世界上所有美好的事物中，德罗戈始终向往着这座遥不可及的海滨宫殿，以及那里的音乐、悠闲的时光和对黎明的期待。虽然这很愚蠢，但对他来说，这似乎是一种最有力的方式，能够表达出他所失去的平静心境。

事实上，这段时间以来，一种他不太理解的焦虑一直在困扰着他：他总觉得自己来不及了，总觉得将会发生什么重要的事情，让他措手不及。在城里与将军的谈话让他对调任和升官几乎不再抱有希望，但德罗戈也明白，他不能一辈子都待在这座城堡的围墙里，迟早要做出决定。后来，他又习惯了往日一成不变的节奏，德罗戈不再去想其他人，他不再去想那些已经及时逃离的战友，也不再去想那些名利双收的老朋友，只要看到那些和他一样经历流放生活的军官们，他就能够感到一丝慰藉，不再认为他们会成为弱者或失败者，或是最末流的典型。

　　德罗戈日复一日地在推迟做出决定，他觉得自己毕竟刚到二十五岁，依然很年轻。但那种隐隐的焦虑却还在时刻不停地困扰着他，使他不得安宁。如今，又有了北方平原上出现光亮的事情，或许，西梅奥尼说的没错。

　　城堡中很少有人提及此事，好像这只是一件无关紧要的事，与大家毫无干系。战争并未爆发，一种失望感油然而生，尽管没有人有勇气承认这一点。战友们一个个离去，只剩下少数被遗忘的人在守卫着这座毫无用处的城墙，这种屈辱感实在难以忍受。驻军数量被削减这一事实清楚地表明，总参谋部不再重视巴斯蒂亚尼城堡了。大家曾经动不动就会开始幻想，还那么强烈，如今却愤怒地抛弃了这些幻想。西梅奥尼为了不被嘲笑，也宁愿保持沉默。

　　接下来的几个晚上，再也没看到那片神秘的光亮，白天也没发现荒原远处有任何动静。出于好奇，马蒂少校来到了城墙边，从西梅奥尼手中接过望远镜，将沙漠巡视了一番，但也一无所获。

　　"收好您的望远镜吧，中尉先生。"他用冷漠的语气对西梅奥尼说道，"与其白白耗费您的眼睛，不如多注意一下您的下属。我看到一个哨兵没有背子弹袋。您去看看，应该就是那边那个。"

同马蒂一起到城墙边上的还有马代尔纳中尉，他后来在食堂里谈到了这件事，引起了一片大笑。现在，每个人都只想尽可能舒服地度过每一天，北方的事情早就被淡忘了。

只有西梅奥尼还在和德罗戈继续讨论着这件神秘的事。一连四天，他们两人都没有再看到那片光亮或者移动的黑点，但到了第五天，这些东西却又重新出现了。西梅奥尼认为可以这样解释：北方的雾气会随着季节、风向和温度的变化而扩散或收缩。在过去的四天里，由于雾气向南飘散，笼罩了那片所谓的工地。

那片光亮不仅再次出现了，而且在大约一周后，西梅奥尼发现它还移动了位置，向城堡这边移动了过来。这一次，德罗戈表示反对：在漆黑的夜里，没有任何参照点，即使真的移动了，又如何确认呢？

"是这样，"西梅奥尼固执地说道，"既然你承认，如果光亮移动了位置，是无法确切证明的。那我说它移动了和你说它静止在原地都是一样有道理的。而且，你等着瞧吧，我每天都会观察那些移动的黑点，你会知道它们是一点一点在向前移动的。"

第二天，他们便轮流使用望远镜，开始一起观察。但实际上，他们只看到了三四个极小的黑点，好像在缓慢地移动着。要确认这些黑点是正在移动的其实并不容易。他们必须要找到两三个参照物，比如巨石的影子或者小山的边缘，然后大概确定它们之间的相对距离。几分钟后，如果他们看到距离发生了改变，这才能说明黑点的位置确实发生了变化。

西梅奥尼第一次就能发现这一点，真是太不可思议了。但也不能排除数年或数个世纪以来，这种现象已经重演过多次了的可能性：那里可能有一个村庄或一口水井，过往的商队可能会停留在附近，毕竟在此之前，城堡里还未曾有人像西梅奥尼一样使用过这么高清的望远镜。

黑点似乎来来回回始终在同一条线路上移动。西梅奥尼认为它们是运输石头或者沙砾的马车，他说，距离这么远，那些人可能太小了，所以才看不见。

通常情况下，只能看到三个或四个黑点。西梅奥尼推测着，假设它们是马车，有三驾马车在移动，那么至少还会有六辆马车正停靠在侧，用来装车或卸货，这六辆车无法看清，已经和这片视野里众多静止的物体混在了一起。因此，仅仅在这个路段，就会有十几辆车正在被调度，可能每辆车都配有四匹马，这通常是运输重物的标配了。那么按照这个比例计算，那边肯定有数百人。

这些观察一开始几乎只是为了打赌和取乐，但现在对德罗戈来说，却成了生活中唯一有趣的事情。即使西梅奥尼性格内向，讲话沉闷，和他也并非挚友，但德罗戈在空闲时间里却几乎一直和他在一起，甚至到了晚上也是如此，他们两人总是会在军官大厅里聊到深夜。

西梅奥尼预先计算过了，他说，就算假设工作进展缓慢，而且距离也比通常认为的要远，那也用不了六个月的时间，这条路就可以修到能炮击城堡的位置了。他认为，敌人很可能会来到横穿沙漠的那片台地后面，那边与周围的荒原颜色相近，只有在傍晚的阴影下或者出现雾堤时，才能分辨出来。台地的坡向朝北，所以并不知道它有多陡、有多深。因此，人们对这片沙漠其实是一无所知的，从新棱堡望过去，根本看不到尽头（而从城堡的围墙望出去，由于前方山脉的遮挡，甚至看不到那片台地）。

从这片洼地的上沿到新棱堡所在的这座锥形山体的山脚下，一片均匀又平坦的沙漠延展开来，沙漠里只有少数几条裂缝、一堆堆的碎石以及稀疏的芦苇丛。

据西梅奥尼推测，当这条路修建到台地这个位置时，敌人就可以毫不费力地完成最后剩下的一小段，可能利用一个多云的夜晚就大功告成了。到时候路面将平坦而坚固，他们能够畅通无阻地把大炮拉过来。

这位中尉又补充说道，原本预估的六个月也可能延长到七个月、八个月，甚至更久，这就要看情况了。说到这里，西梅奥尼还列出了一些可能会导致工期延长的原因：对所需修建道路的总长度计算错误；沿途可能还有一些站在新棱堡上也无法看到的洼地，因此施工会更困难，工期就会更久；随着入侵者逐渐远离补给站，施工速度逐渐放缓；政治上的复杂情况会引发一段时间的停工；另外可能会下雪，导致工程完全瘫痪两个月或更长时间；再有就是也可能会下雨，导致这片荒原变成沼泽。这些是最主要的阻碍因素。西梅奥尼详细地列出了这些障碍，为的是表明并没有哪一种情况是一定会发生的。

但如果这条路根本就没有侵略性目的呢？比如，它是为了农业使用而建，只是为了开垦这片迄今为止都荒无人烟的土地呢？或者他们只修建了一两公里之后就停工了呢？德罗戈提出了一些疑问。

西梅奥尼摇了摇头后回答说，这片沙漠里石砾太多了，根本无法耕种。此外，北方那个国家有大片荒废的草原，只能作为牧场，这里的土地本来也就更有利于畜牧业。

后来，还有人问，这些入侵者果真是在修一条路吗？西梅奥尼保证道，在天气晴朗的日子里，到了日落时分，影子被拉长的时候，可以清楚地看到笔直的路基。然而，德罗戈无论怎么努力，却从未看到过。那个笔直的线条说不定只是地面上的一条褶皱呢？那些移动的神秘黑点以及夜里的光亮完全不能令人信服，也许它们一直都在那里，只是前几年里没有人看到而已，因为它们被浓雾覆盖住了（更不用说在此之前，城堡里使用的都是一些老旧望远镜，根本看不到那么远）。

就在德罗戈和西梅奥尼这样争论不休的时候，有一天，开始下雪了。德罗戈的第一个想法是："夏天还没有结束，糟糕的季节就到来了。"事实上，在他看来，自己才刚刚从城里回来，甚至还没来得及安定下来，恢复到之前的状态。然而，日历上却赫然写着十一月二十五日，整整好几个月的时间就这样消磨过去了。

纷纷扬扬的雪花从天空中飘落下来，落在了平台上，一片洁白。德罗戈望着大雪，觉得平日里的那种焦虑更加强烈了，他想着，自己还年轻，未来还有很多时日。德罗戈试图用这种想法来驱散焦虑感，但也只是徒劳。不知不觉间，时间好像流逝得越来越快，日子一天一天就这样被吞噬了。他环顾四周，发现夜幕已经降临，太阳落下了山，但很快还会再次从另一边升起，照亮这个白雪皑皑的世界。

其他人，他的战友们，似乎并没有意识到这些。他们毫无热情地履行着日常职责，每当日历翻到下一个新月份的时候，他们往往会兴高采烈，好像赚到了什么好处一样。他们计算着，在巴斯蒂亚尼城堡服役的时日又减少了一些。总之，他们都有自己预设的终点，无论是平庸的还是光荣的，他们都知道如何让自己满足。

奥尔蒂斯少校已经五十多岁了，他对时间周周月月的流逝漠然置之。他已经放弃了伟大的理想，"再过十年，"他说道，"我就要退伍了。"他说自己之后会回老家，那是一座古老的省城，那里住着他的一些亲戚们。德罗戈同情地看着他，无法理解他的想法。奥尔蒂斯将独自一人，身处那些平民中间，他毫无目标，还能做些什么呢？

"我已经能够让自己感到满足了。"少校意识到了德罗戈的想法，于是解释道，"年复一年，我已经学会了降低自己的欲望。如果一切顺利的话，我可以带着上校的军衔回到老家。"

"那之后呢？"德罗戈问道。

"这就够了。"奥尔蒂斯无奈地笑着说道，"之后我会期盼着……自己可以因恪尽职守而感到欣慰。"他开玩笑似的总结道。

"可是在这里，身处城堡的十年里，您不想……"

"战争？您还在想着战争吗？我们这样还不够吗？"

在北方的荒原上，在常年不散的浓雾边缘，再也看不到任何可疑的东西了。夜里的那片光亮也熄灭了。西梅奥尼对此很满意。这就证明了他是对的：那里既不是村庄，也不是吉卜赛人的营地，那里只能是一片工地，由于大雪，工事暂时停了下来。

第
二
十
三
章

城堡进入寒冬很多天后，一则奇怪的公告张贴在了庭院中的一面墙上。

公告的标题是"应被谴责的警报以及不实的谣言"。上面如此写道："根据上级领导的明确指示，现要求所有军官、军士和士兵不要相信、重复或以其他方式散布毫无根据的谣言，即所谓的有侵略威胁出现在我国边境的消息。此类谣言显然有违纪律，并且会破坏与邻国的正常睦邻友好关系，同时会在部队中渲染不必要的紧张情绪，影响部队工作的开展。希望哨兵以常规方式保证安防，尤其不要使用军规中未允许的光学器具，因为在不规范使用的情况下，此类器具往往极易导致误差和错误解读。凡拥有此类器具者，都必须上报各部门司令部，并由司令部收缴及保管。"

接下来是有关日常值班的具体规范，最后附有值班军官尼科洛西中校的签名。很明显，这份公告表面上是正式下达给整个部队的，但实际上只是针对军官们的。这样，尼科洛西就达到了双重目的，既不会让任何人有失脸面，又能让整座城堡了解此事。这样，自然就没有任何一个军官再敢当着哨兵的面使用违规的望远镜观察北方那片沙漠了。为各堡垒配备的其他器具也都很陈旧了，几乎无法再使用，有些甚至早已丢失了。

是谁告的密？是谁在向城里的上级司令部通风报信？所有人都下意识地想到了马蒂，只有他会这样做，他总是手握军规，扼杀掉所有令人快乐的事，以及所有人想要透一口气的想法。

大多数军官对此付之一笑。他们说，上级司令部竟然晚了两年才辟谣。有谁会认为这是来自北方的入侵呢？啊，是德罗戈和西梅奥尼（他们早已被遗忘）。尽管有些不太可信，不过这公告是专门针对这两个人的。但他们觉得，像德罗戈这样的好人，即使整天拿着望远镜，也不会威胁到任何人。同样地，西梅奥尼也被认为是一个不会伤害到别人的人。

然而，德罗戈却本能地认为，中校发出的这则公告就是针对自己的。生活里的各种事情再一次与他的意愿相违背。他利用一些时间观察沙漠有什么坏处呢？为什么他连这一点儿慰藉都要被剥夺呢？想到这里，他心中就升起一阵强烈的怒火。他已经准备好迎接春天了，他希望雪一融化，遥远的北方里那片神秘的光亮就会再次出现，那些黑点也会重新开始移动，那样的话，他就会重燃信心。

事实上，他的全部情感都集中在了这个希望上，而这次只有西梅奥尼同他一起，其他人甚至想都不再想这件事了，就连奥尔蒂斯和裁缝普罗斯多奇莫也不例外。现在好了，只有他们两个人，珍视着这个秘密。而不会像以前，也就是安古斯蒂纳去世前的那些日子里，那时大家都认为彼此在搞阴谋，都持有着一种贪婪的竞争心态。

然而，现在望远镜被禁止使用了。西梅奥尼是个严谨的人，他当然不会再使用它。即使常年不散的浓雾边缘重现光亮，即使小黑点又开始动来动去，他们也不会再知道了，没有人可以用肉眼看清，即使是最好的哨兵，甚至是能看到一公里开外的乌鸦的知名猎手，也无法看到。

那天，德罗戈很想听听西梅奥尼的意见，但为了不引人注目，他想一直等到晚上再去找他，不然肯定会有人立刻去打小报告的。中午的时候，西梅奥尼没有来食堂，德罗戈也没在其他地方看到他。

到了晚饭时间，德罗戈已经开始用餐的时候，西梅奥尼出现了，但比平时晚了一些。他吃得很快，甚至比德罗戈还要更早吃完，然后就立即来到一张桌子旁玩了起来。难道他害怕单独同德罗戈待在一起吗？

当晚，他们两人都不值班。德罗戈在大厅门口的扶手椅上坐了下来，想要在西梅奥尼出来的时候找他说几句话。他注意到西梅奥尼在玩游戏期间偷偷瞥了他几眼，但并不想让其他人注意到。西梅奥尼一直玩到了深夜，比平时晚得多，他从来没有玩到这么晚过。他时不时地会看向门口，希望德罗戈没有耐心再等下去。

最后，当其他人都离开后，西梅奥尼也不得不起身向门口走了过来，德罗戈便走到他的身边。

"晚上好，德罗戈。"西梅奥尼尴尬地笑着说道，"我刚刚没看到你，你去哪儿了？"

他们走到了一条空荡荡的走廊里，这种横穿城堡的走廊有许多条。

"我一直坐在那儿看书。"德罗戈说道，"我都没意识到已经这么晚了。"

左右两侧的墙上对称地挂着几盏灯笼，他们在灯火的映照下静静地走了一会儿。那群军官已经走远了，远处半明半暗的灯光中隐约传来他们嘈杂的声音。夜深了，气温很低。

"你看到那份公告了吗？"德罗戈突然问道，"你看到关于虚假警报的那几段话了吗？我想知道这是怎么回事，肯定是谁告密了吧？"

"我怎么知道？"西梅奥尼近乎粗鲁地回答道，然后在楼梯口前停了下来，"你要从这边上去吗？"

"望远镜呢？"德罗戈继续说道，"再也不能用你的望远镜了，至少……"

"我已经把它上交给司令部了。"西梅奥尼打断他说道，"我觉得这样更好。更何况他们一直在监视着我们。"

"我觉得，你本可以再等等的。也许三个月之后，雪融化的时候，没人会再记得这件事了，那时就可以再回去观察了。你说的那条路，没有望远镜怎么看得到呢？"

"啊，那条路？"西梅奥尼的声音里流露出一丝怜悯，"我后来说服了自己，你才是对的！"

"我是对的？什么意思？"

"他们并不是在修路，那里的确是村庄，或者吉卜赛人的营地，就像你说的那样。"

这么说来，西梅奥尼因为害怕而否认了之前的一切？因为害怕，所以对德罗戈也不再讲真话了？德罗戈盯着这位同伴的脸。这时，走廊里空无一人，再也听不到任何声音了。这两位军官的影子歪歪扭扭地映在旁边的墙面上，显得十分庞大。

"你的意思是，你再也不信了吗？"德罗戈问道，"你真的认为自己之前说错了吗？那你以前的那些预测呢？"

"只是为了打发时间罢了，"西梅奥尼试图用玩笑的口吻解释道，"希望你没有当真。"

"说实话，你是因为害怕吧。"德罗戈厉声对他说道，"你说实话吧，因为那份公告，如今你连自己都不相信了。"

"我不知道你今晚是怎么了，"西梅奥尼回应道，"我不知道你是什么意思。完全不能跟你开玩笑，就像这样，你会把一切都当真，你看起来像个小孩子，真像个小孩子。"

德罗戈一言不发，直直地盯着他。在阴暗的走廊里，他们都不再作声，陷入了巨大的沉默中。

"好了，我要去睡觉了，晚安！"西梅奥尼最后说道，然后他开始上楼了，灯笼微弱的光芒映照着每一层台阶。

西梅奥尼走完第一段台阶后，消失在了拐角处，只能看到他的影子投在了墙上，随后连影子也不见了。"真是个卑鄙小人。"德罗戈暗自想着。

第
二
十
四
章

时间飞逝而过，它无声的节拍将生活前进的步伐骤然加速，他无法停下片刻，甚至无法回头看一眼。"停一下，停一下！"他想大喊，但意识到毫无用处。人、季节、天上的云，一切都在流逝，即使紧紧抓住石头，或者抓住山顶上的崖壁也都无法阻挡。手指会因疲惫而松开，手臂最终也会无力地垂下来，就这样被河水裹挟着，水流看似缓慢，但却从未停歇。

一天天过去了，德罗戈感觉到这种莫名的堕落感在不断增强，他试图抵挡，却徒劳无益。在城堡一成不变的生活中，由于没有参照物，他甚至还来不及计算，时间就已经悄悄溜走了。

再有就是那个隐秘的希望，为了它，德罗戈虚度了生命中最美好的时光。为了让这希望不灭，他一个月又一个月地做出牺牲，但似乎永远也不够。冬天，城堡中这漫长的冬天，只是一种提前的透支罢了。冬天过去了，德罗戈仍然在等待。

他想，随着天气逐渐变好，那些来自北方的人就会重新施工了。然而，那时却不能再使用西梅奥尼的望远镜了，可惜只有那架望远镜才能看清楚。不过，随着工程的进展（但谁也不知道还需要多长时间），那些人会越来越近的，总有一天，他们就会到达连某个哨兵队遗留下来的老旧望远镜也能看清的位置了。

因此，德罗戈不再把等待的最后期限定在春天，而是定在了再过几个月以后，他仍然设想着，这条路一定会修好。但他不得不独自在暗地里思量，西梅奥尼由于害怕而开始对此产生厌恶，不想再继续谈论这件事，其他同伴会因此嘲笑他，而上级更是不允许有这种幻想。

五月初，德罗戈用军规范围内最好的望远镜观察着荒原，但依然看不到任何人类活动的迹象，甚至连夜晚的那片光亮也看不到，尽管火光往往在很远的地方就能轻易看到。

渐渐地，他的信心开始消退了。当孤身一人，无法向其他人倾诉时，人们往往很难相信某件事。就在这个时候，德罗戈意识到，人与人之间，无论关系多么亲密，却也始终保持着距离。如果一个人遭受着痛苦，那么这痛苦也只能他自己完全承受，别人无法分担分毫。同样，如果一个人遭受着痛苦，即使爱意再深，别人也不会感同身受，人生的孤独正是来源于此。

德罗戈感觉到时钟走动的声音越来越急促，于是，他的信心开始消退，焦虑也随之增加。他已经整整好几天没有向北方看过一眼了（尽管他有时喜欢自欺欺人，说服自己这只是一次疏忽，但实际上，他是故意这样做的，为的是让下次多一点点可能）。

终于，一天傍晚——但那是已经等了很久之后——他透过望远镜隐隐约约看到了一丝光亮，那昏暗的光芒似乎在微弱地跳动着，距离这么远还看得到，说明那里应该是一处强光。

这是七月七日的晚上。多年以后，德罗戈依然记得那种直击灵魂的极致喜悦，那种想要奔跑和大喊来让所有人都知道的冲动，以及此前克制自己未对任何人提起的自豪感，因为他曾迷信般地害怕那片光亮会永远消逝。

每天傍晚，德罗戈都会站在城墙边等待，那片光亮似乎每晚都在一点点靠近，一点点变大。有很多次，他觉得这一定是因为欲望过于强烈而产生的幻觉，而另一些时候，他又觉得那片光亮是真真切切地在向前移动，直至到了最后，一位哨兵用肉眼也看到了。

后来，即使在白天，在白茫茫的沙漠里，也能看到一些小小的黑点在移动，和去年的情形并无二致，只不过是现在的望远镜倍数变小了。因此可以推断出，那些北方来的人一定离这里更近了。

到了九月，在晴朗的夜里，即使是视力普通的人也能清楚地看到所谓的那片工地上的灯光了。慢慢地，这些军人们又开始谈论起了北部的荒原、那些来自北方的人、夜里奇怪的移动和光亮。许多人说那里确实是在修路，尽管他们也无法解释其目的，而假设那里是军事工程似乎又很荒谬。但抛开这些，尚未完工的部分依然还有很长一段距离，这样说来，目前的工程进展似乎异常地缓慢。

一天夜里，有人隐隐约约听到一些人在谈论战争，于是，一些荒诞无稽的希望又开始在城堡的围墙内引起骚动。

第二十五章

在横穿北方荒原的那片台地边沿，也就是距离城堡不到一公里的地方，立起了一根竿子。从那里一直到新棱堡所在的锥形山体之间，沙漠均匀而平坦地延展开来，因此，很轻松就可以把大炮开过来。立在台地边沿的这一根竿子，是唯一的人类活动的痕迹，站在新棱堡顶部，即使用肉眼也能清楚地看到。

那些北方的人所修建的道路已经通到了这里。这一巨大的工程终于要竣工了，但代价未免也太大了！西梅奥尼中尉曾做过估算，他说需要六个月。但其实，六个月远远不够，别说六个月了，八个月、十个月都不够。现在，这条路即将竣工，敌人可以从北方疾驰而来，直抵城堡的围墙脚下。然后，只需走过最后剩下的一小段路即可，这段路只有几百米，而且路面光滑又平坦。但这一切都是付出了巨大的代价才得来的。这一切用了整整十五年的时间，这漫长的十五年，像梦一样一去不复返了。

环顾四周，一切似乎都没有改变。那些大山还是老样子，站在城墙上，看到的还是那些灌木丛，可能有一些是新长出来的，但也寥寥无几。天空依旧是原来的天空，鞑靼人沙漠也未曾改变，如果除去台地边沿上那根黑乎乎的竿子和那根笔直的线条的话。那根线条正是那条人尽皆知的道路，在不同的光线条件下时隐时现。

十五年对于大山来说，只不过是弹指一挥间，甚至也没有对城堡的围墙造成什么损害。但对于人来说，这十五年却是无比漫长的，尽管人们无法理解时间为何过得如此之快。毕竟，身边或多或少还是那些老面孔，习惯没有变，值班节奏没有变，军官们每天晚上讨论的话题也没有变。

可如果凑近了看，还是能从这些人脸上看到岁月的痕迹。后来，驻军人数再次削减，多段城墙不再有人驻守，并且无需暗号即可进入。哨兵队只部署在几个关键位置，他们甚至决定关闭新棱堡，每隔十天派一支小分队前去巡查一次即可。总之，现在上级司令部对巴斯蒂亚尼城堡毫不重视。总参谋部也并没有重视有人在北方荒原上修路这件事。有人说，军事司令部做事一贯不合逻辑，这便是一个例证。也有人说，他们身在首都，消息肯定更灵通，因此这条路显然没有任何侵略性目的。除此之外再无其他解释，尽管此类解释也并不很令人信服。

城堡的生活变得越来越单调，越来越孤独。尼科洛西中校、蒙蒂少校和马蒂中校都已经退伍了。驻军现在由奥尔蒂斯中校指挥，除了裁缝普罗斯多奇莫仍是上士军衔以外，其他人的军衔都有所晋升。

九月，一个明媚的清晨，德罗戈，现在是上尉乔瓦尼·德罗戈了，他骑上了马背，即将踏上从平原通向巴斯蒂亚尼城堡的陡峭山路。他有一个月的假期，但只过了二十天，他就要回去了。现在，这座城市对他来说已经完全陌生了。他的老朋友们事业蒸蒸日上，全部身居要职，他们匆匆地就和他告了别，好像他只是一名普通军官一样。即使德罗戈依然深爱着自己的家，但每当他回来的时候，内心都充满了难以言喻的苦涩。家里每次都是冷冷清清的，妈妈的房间总是空荡荡的，兄弟们也总是身在异乡，其中一个已经结婚，住在另一座城市，还有一个仍在继续旅行。

房间里没有任何家庭生活的痕迹，使得说话的声音显得异常响亮，打开向阳的窗户也无济于事。

于是，德罗戈再次踏上了通往城堡的山谷。他的一生又过去了十五年，但是，他并不觉得自己有什么变化。时间流逝得如此之快，他的灵魂甚至都还没有跟着变老。尽管因时间流逝而产生的隐隐焦虑与日俱增，但德罗戈仍在幻想，认为重要的事情还没有发生。他仍在耐心地等待着这一尚未到来的时刻，他不再像以前那样，觉得未来已经时日无多。在他看来，未来的日子仍会是一段漫长的岁月，是一笔取之不尽、用之不竭的财富，根本不会消耗殆尽。

然而有一天，他发现自己已经很久没有在城堡后面的平原上骑马了，他还意识到自己根本没有想要去骑马的欲望。而且在过去的几个月里（谁知道到底过了多久），他也不再两级两级地跑上楼梯了。真可笑，他想，从体力上来说，他感觉和从前并没什么不同，一切都可以重新开始，毫无疑问，如果非要对此进行检验，实属荒谬又多余。

是的，德罗戈的体力并没有退化，如果让他重新骑马或者跑上楼梯，他完全可以做到，但这并不是重点。重点是，他不再想骑马了，早餐后他宁愿在阳光下打瞌睡，也不愿在碎石路上来回闲逛。这才是重点，是他过去这段时间里的常态。

哦，如果好好想一想的话，那是他开始一级一级走上楼梯的第一个晚上！他觉得有点儿累，没错，他思前想后，再也不想像往常那样去打牌了（尽管他以前也曾偶尔因不适而没有跑上楼梯去打牌）。他丝毫不怀疑，那个夜晚对他来说是充满悲伤的，在那个确切的时刻，在那些台阶前，他的青春时代结束了。第二天，即使没什么特殊的原因，他也无法再回到旧习惯中了，之后一天也不会，再往后也不会，永远也不会了。

现在，德罗戈一边陷入沉思，一边顶着太阳骑着马走在陡峭的山路上，他的马已经有点儿累了，一步一步缓慢地走着。这时，一声呼唤从山谷对面传来了。

"上尉先生！"他听到了喊声，转过身来，看到在山谷对面的另一条路上，有一位年轻的军官骑在马背上。他并不认识对方，但似乎能分辨出他的中尉军衔，可能是城堡里的某一位军官，和自己一样，休假后正要返回城堡。

"有什么事吗？"德罗戈在回应了对方的例行问候后停了下来，向他问道。那位中尉有什么理由敢用如此随意的方式称呼自己呢？

对方没有回答。"有什么事吗？"德罗戈提高音量又重复问了一次，这次他的声音中略带愤恨。

那位陌生的中尉直挺挺地坐在马背上，挥了挥手，然后尽全力大声回答说："没什么！我只是向您问好！"

在德罗戈看来，这样的回复很愚蠢，甚至有些冒犯，因为这听起来像是在调侃。再骑半个小时，就会到达一座桥边，两条路将在那里汇合。因此，还有什么必要像小市民一样大喊大叫呢？

"您是谁？"德罗戈大声问道。

"中尉莫罗！"对方回答道，德罗戈上尉依稀听到了这个名字。中尉莫罗？他暗自想着，城堡里并没有人叫这个名字。也许是新来服役的军官？

直到这时，他才痛苦地回忆起了自己第一次登上城堡的那个遥远日子，回忆起自己与当时还是上尉的奥尔蒂斯在山谷中这个位置的相遇，回忆起自己急切地想与一个友好的人交谈，以及发生在山谷两侧的尴尬对话。

他想，这场景和那天一模一样，唯一不同的是，两边的人变了。现在是他，德罗戈，一位数百次前往巴斯蒂亚尼城堡的老上尉，和那个叫作莫罗的陌生人，一位新来的中尉。德罗戈明白，在此期间，整整一代人就这样消磨过去了。他现在正站在人生的最高峰，将要迈向老年，也就是在遥远的那天，他看到的奥尔蒂斯身处的位置。如今，德罗戈四十多岁了，并无建树，无儿无女，在这个世界上完全是孤身一人，他沮丧地环顾四周，感觉到自己的命运正在衰落。

他看到了长满灌木的岩石峭壁、潮湿的山体裂痕、远处交错于天际的荒芜山峰以及群山一成不变的景色。而在山谷的另一边，那个新来的中尉看起来有些腼腆，也不太自在，他一定也在幻想着自己在城堡里待上几个月就可以离开，幻想着辉煌的事业、光荣的战绩和浪漫的爱情。

他伸出一只手，拍了拍马脖子，这匹马听话地回过了头，但肯定没有明白他的用意。德罗戈感觉心头一紧，永别了，遥远时代的梦想，永别了，生活中的美好事物。澄澈明媚的阳光正照耀着人们，清新的空气在山谷间弥漫，草地散发着清香，鸟鸣伴着溪流的吟唱。德罗戈想，这真是美好的一天，他惊奇地发现，这一切都与他年轻时那些美妙的上午时光并没有什么不同。马儿继续向前行进着。半小时后，德罗戈看到了两条路相接处的那座桥。他想，很快就要和那位新来的中尉聊一聊了，一阵悲哀涌上了他的心头。

第二十六章

既然路已经建好了，为什么那些来自北方的人却不见了踪影？为什么人、马匹和车辆都返回了荒原，消失在了北方的浓雾中？整个工程只是无用功吗？可以看到那些铺路工人的队伍在陆陆续续地离开，逐渐变成了一个个小黑点，就像十五年前一样，只有在望远镜中才能看到。

这条路敞开在士兵们的面前，能让大批部队即刻就前来攻打巴斯蒂亚尼城堡。然而，并没有任何部队在向这边进发，穿过鞑靼人沙漠的依然只有这条路，这是人类活动出现在这片古老荒原中的唯一痕迹。没有部队攻打过来，一切似乎都暂停了，谁也不知道还要持续多少年。

就这样，这片荒原依然了无生气，北方的浓雾静止不动，城堡里的生活也还是按部就班地进行着，哨兵们重复着同样的步伐，从巡逻路线上的一个点走到另一个点。部队里的汤食也毫无变化，每天都完全相同，永无休止地重复着，就如同那些迈着同样步伐的士兵。然而，时间却在流逝，全然不顾忌周围的人们，从这个世界上激荡而过，摧残着美好的事物，没有人能够逃离，就连刚刚降生、还没有名字的婴儿也难以幸免。

德罗戈的脸上也开始出现了皱纹，头发变得花白，脚步也不再轻盈。生活的洪流已经把他抛到一边，抛到了外围的漩涡之中，尽管他此时还不到五十岁。当然，德罗戈现在已不再负责值班工作，而是在司令部拥有了一间自己的办公室，与奥尔蒂斯中校的办公室相邻。

当夜幕降临时，在此守卫的兵力已不足以抵挡即将占领这座城堡的黑暗。大片的城墙上无人看守，黑暗中的幽思和孤寂的伤感之情便从那里逸散开来。这座古老的城堡就像一座偏僻的孤岛，被无人之境包围着，它的左右两侧都是高山，南边是绵长的荒凉山谷，而北边就是鞑靼人沙漠。深夜时分，会有一些此前从未出现过的怪异声响回荡在这座错综复杂的防御工事中，哨兵们的心也会跟着剧烈地跳动起来。"注意警戒！注意警戒！"的呼喊声仍在响起，并从城墙的这一端传向另一端，但士兵们需要费很大力气才能传递下去，因为彼此之间已经相隔甚远了。

近期，德罗戈感受到了莫罗中尉开始表现出的痛苦，就如同他自己年轻时的真实写照。莫罗起初也很害怕，曾求助于一定程度上已经取代了马蒂的西梅奥尼少校，但同样是被劝说先在这里待四个月，结局自然是落入了圈套。莫罗也曾无比执着地望着北方的荒原，那条崭新的、从未投入使用的道路就在那里，催生着他对战争的渴望。德罗戈本想和他谈谈，告诉他要小心，趁还来得及，赶快离开。这是因为莫罗是个很好相处的年轻人，做事认真负责，然而总是出现一些琐碎细事，耽误他们之间的谈话，可能到最后也谈不成。

一个个灰蒙蒙的白天就这样过去了，一个个漆黑的夜晚也相继流逝了。德罗戈和奥尔蒂斯（也许还有其他一些老军官）越来越担心，他们很怕时间来不及了。那些北方的人一直毫无动静，对时间的摧残无动于衷，仿佛他们是不朽的，并不在乎漫长的光阴被虚度。然而，这些可怜的人却留守在城堡里，他们无法抵御时间的侵蚀，最终的期限也即将到来。那些曾经看似不可思议的、遥远的日期，现在突然近在咫尺，残酷地提醒着人们生命的最终时限。为了继续坚持下去，他们每一次都需要找到一个新方法，找到新的参照，用那些处境更糟糕的人来安慰自己。

后来，奥尔蒂斯也要退伍了（北方荒原上依然没有丝毫生命迹象，甚至连一点点光亮也没有）。奥尔蒂斯中校向新任司令官西梅奥尼交接了工作，将部队集合到庭院当中（当然，正在值班的哨兵队除外），并吃力地发表了讲话，然后在传令兵的帮助下骑上马，走出了城堡的大门。护送着他的是一名中尉和两名士兵。

德罗戈陪他走到了平原边沿，两人将在此道别。那是一个夏日的早晨，天空中飘着云，投下来的阴影斑驳地映在大地上，显得有些奇异。奥尔蒂斯中校从马背上下来，与德罗戈站在一旁，两人都沉默不语，不知该如何开口告别。最后，他们只是勉强地说了一些无关痛痒的话，这些话既与他们心中所想大相径庭，又是如此的苍白无力。

"我的生活完全被改变了。"德罗戈说道，"我也很想离开。我甚至想过辞职了。"

奥尔蒂斯依旧说："你还年轻！离开就太傻了，你还来得及！"

"来得及什么？"

"来得及等到战争。你看着吧，用不了两年了。"（他嘴上是这么说的，但他心里并不这么希望，事实上，他希望德罗戈也能像他一样回乡，不要有那么好的运气，不然在他看来，这就太不公平了。没错，但他对德罗戈仍存友情，所以他也希望他一切顺利。）

但德罗戈一言未发。

"你看着吧，肯定用不了两年。"奥尔蒂斯继续说道，可他心里完全不这么想。

"何止两年，"德罗戈终于开口说道，"几个世纪也将会过去。现在这条路已经废弃了，不会有人从北方过来了。"虽然这是他的原话，但他内心的声音却与之相反：他执拗倔强地等了这么多年，从年轻时起就抱有对宿命的深刻预感，他一直隐隐约约地觉得，美好的生活依然尚未开始。

他们两人陷入了沉默，意识到这番对话已经将他们分隔开来了。然而，他们曾怀揣着同样的梦想，在同一堵城墙内生活了近三十年，彼此还能再多说些什么呢？他们共同走了这么久，如今要分道扬镳了，一个往这边，一个往那边，各自走向未知的地方。

"多好的阳光啊！"奥尔蒂斯一边感叹，一边老眼昏花地望向城堡的围墙，城墙看起来和以前一模一样，还是那般苍黄的颜色，那种古怪的样态。奥尔蒂斯就这样紧紧地盯着城堡，除了德罗戈，没有任何人能猜到他有多么痛苦。

"这天气真是有点儿热。"德罗戈说道。此时，他想起了玛丽亚，想起了很久以前发生在那个客厅里的对话，当时还有忧伤的钢琴声传来。

"确实很热。"奥尔蒂斯补充说道。他们两人颇有默契地相视一笑，本能地点了点头，表示理解，似乎在说他们彼此都知道这些蠢话是何用意。这时，一片乌云的阴影向他们飘来，几分钟后，整片平原变得漆黑一片。然而，城堡却依然沐浴在阳光下，闪烁着不祥的光芒，与这里形成了鲜明的对比。两只硕大的飞鸟盘旋在第一堡垒的上空。远处依稀传来了几声难以分辨的号角音。

"你听到号声了吗？"这位老军官问道。

"没有，我没听到。"德罗戈回答道，他其实在说谎，因为他隐约觉得这样回答会让他的朋友高兴一些。

"可能是我听错了，我们离那边确实太远了。"奥尔蒂斯承认道，他的声音有些颤抖。然后他又吃力地补充问道："你还记得你第一次来到这里时的情景吗？那时你有些害怕，不太想留下来，你还记得吗？"

德罗戈只能回答说："那是很久很久以前……"他的喉咙突然哽住了。

然后，奥尔蒂斯沉思了片刻之后，又说起一件事。"谁知道呢，"他说道，"也许我还可以参战。也许在战争中，我还能派上些用场，但在其他方面却是一无是处了，就像你看到的这样。"

乌云飘走了，越过了城堡，现在正在荒凉的鞑靼人沙漠上空飘荡，一路向北，无声无息。永别了，永别了。太阳重新出现，两个人的影子又映了出来。奥尔蒂斯及护送人员的马正站在二十多米外的地方，用蹄子踢打着地上的石块，显然已经等得不耐烦了。

第二十七章

又一个篇章翻了过去，时间在月月年年中飞逝而过。德罗戈过去读书时的同学们几乎都已经厌倦了工作，他们留着灰白的胡须，打理得整整齐齐，举止得体地走在城镇里，人们恭敬地向他们打着招呼。他们的子女也已经成人，其中还有些人已经当上了爷爷。德罗戈的老朋友们喜欢站在自己建造的房子门前四处张望，欣慰于自己这如同大河奔流而过的一生。在熙熙攘攘的人群中，他们喜欢分辨出自己的孩子，催促他们快一点，进而超越别人。而另一边，德罗戈仍在等待，尽管每过一分钟，他的希望都愈发渺茫。

是的，他现在终于有了一些变化。他五十四岁了，已升至少校军衔，在这座驻军无几的城堡里，他是第二司令官。直到不久之前，他都还没怎么变化过，可以说还很年轻。他时不时会骑马在平原上跑几圈来锻炼身体，尽管这会让他有些疲惫。

但后来，他日渐消瘦，脸色变得蜡黄，肌肉也松弛了。罗维纳医生说，他得了肝病，再加上年纪已经很大了，还要固执地留在山上。可是，罗维纳医生开的药片没有任何效果，德罗戈每天早上醒来时，全身的疲惫感会一直蔓延到他的后颈。坐在办公室里，他只盼着晚上早些到来，这样就能躺在沙发上或者床上休息了。医生说，全身疲惫可能会加重他的肝病，但奇怪的是，德罗戈一如既往地如此生活下去，肝脏问题竟也得到了缓解。罗维纳医生表示，这只是一种短期现象，在他这个年龄段很常见，持续的时间也许会更长一些，但没有任何并发症的风险。

因此，德罗戈的生命中多了一份期待，那就是希望自己能够康复。不过，他也并不急躁。北方的沙漠一直空空荡荡，没有任何迹象表明敌人可能会入侵。

"你的脸色看起来好多了。"他的同事们几乎每天都这样对他说。但其实，德罗戈自己完全没有感受到一丝好转。

初期的头痛和腹泻症状已经消失，也没有什么其他特别的痛苦在折磨着他。可是，他全身上下的精力却越来越不足。

城堡司令官西梅奥尼劝他说："你可以请假去休息一段时间，去海滨城市休养会好一些的。"但德罗戈却告诉他说，他已经感觉好多了，他还是更愿意留在这里。西梅奥尼摇了摇头，想再劝劝他，就像是德罗戈拒绝这样一条宝贵的建议实在是不知好歹，毕竟这条建议完全符合规章制度的要求，也不会影响驻军的效率，还符合他的个人利益。西梅奥尼甚至可能会使得马蒂不得不退伍了，因为这么长时间里，西梅奥尼一直对别人强加展现自己的完美品德，给其他人带来了沉重的负担。

无论西梅奥尼说什么，他表面上态度都非常友好，但却总是暗含着斥责他人的意味，好像只有他一个人在尽职尽责，只有他一个人是城堡的顶梁柱，只有他一个人解决了无数的麻烦，不然就会导致毁灭性的后果。马蒂在掌管城堡期间也是这样的，但并没有西梅奥尼这么虚伪，马蒂毫不掩饰自己内心的无情，士兵们对他的铁石心肠也并不介怀。

幸运的是，德罗戈已经成了罗维纳医生的朋友，并获得了医生的支持，让他得以留了下来。一种隐隐的迷信想法告诉他，如果他现在因病离开城堡，就永远也回不来了。

这种想法让他痛苦不堪。二十年前他本想离开，去一个平静、明亮的驻地里生活，去参与夏季演习、进行射击训练、赛马、看戏、参加社团，结识美丽的姑娘们。可他现在还剩下什么了呢？他还有几年就该退伍了，之后最多只能在某个司令部里得到一个职位，就这还是看在他的职业生涯即将结束了。他只剩下几年时间了，这是最后的机会，也许在退伍之前，他所希望的事情就会发生了，他已经浪费了这么多年的大好时光，现在至少要等到最后一刻。

　　为了让他早些康复，罗维纳建议德罗戈不要过于操劳，要整天躺在床上休养，可以在自己的房间处理办公文件。那是一个寒冷多雨的三月，山里发生了一场巨大的滑坡，整座山尖突然毫无缘由地崩塌了，一路坠入谷底，哀戚的声音在夜里久久回荡。

　　最后，仿佛拼尽了全力似的，好季节终于来临了。山上的积雪已经融化，但潮湿的雾气依然萦绕在城堡上空，需要强烈的阳光才能将其驱散，山谷中的空气自冬天起就变得冷冷凄凄。有一天清晨，德罗戈醒来时，看到一缕明媚的阳光洒在了木质地板上，他才发觉，春天来了。

　　他满怀希望，认为好天气能让他的精力恢复起来。一到春天，即使是那些古老的房梁上也会出现生命的气息，因此，夜晚又开始充斥着吱吱嘎嘎的声响了。一切似乎都

257

要重新开始了，健康和欢乐的气息吹遍了整个世界。

德罗戈思来想去，他开始回忆起一些著名作家对这一主题的描写，以此来让自己信心倍增。他下了床，跟跟跄跄地走到窗前。他感到一阵眩晕，但又在心里安慰自己说，在床上躺了许多天后，起床时总会出现这种情况的，即使是痊愈了也会如此。随后，眩晕的感觉果然消失了，德罗戈得以欣赏到灿烂的阳光了。一种无尽的喜悦似乎弥漫了整个世界。德罗戈无法直接看到，因为他面前正立着一堵墙，但他可以毫不费力地感觉到这种喜悦。因为就连那些古老的墙壁、庭院里的红土地、已经褪了色的木凳、空荡荡的车子，以及缓缓走过的士兵似乎都非常快乐。不知道墙外又会是怎样一番景象呢！

他很想穿上衣服，坐在外面的扶手椅上晒晒太阳，但一股隐隐的寒意让他感到害怕，使得他又回到了床上去。"但我今天感觉好多了，真的好多了。"他这样想着，说服自己这并不是幻觉。

美好的春日清晨悄然而至，阳光映在地板上的光带在慢慢移动，德罗戈时不时地盯着它看，无心查阅堆放在床边桌子上的文件。而且，这里异常寂静，偶尔的号角声和蓄水池的噪音也并未扰乱这种寂静。即使升任为少校后，德罗戈也没有更换宿舍房间，因为他很担心这样做会给自己带来厄运。如今，他早已习惯了蓄水池的噪音，这并不会再给他带来困扰。

德罗戈正观察着一只苍蝇，它刚好落在了地面的光带上，这个季节里，居然有苍蝇，着实奇怪，谁知道它是怎么熬过冬天的。他看着它小心翼翼地爬着，这时，有人敲响了门。

德罗戈发觉，这敲门声与寻常不同，肯定不是勤务兵，也不是司令部的科拉迪上尉，他通常会在门外请求许可，更不像是其他常客。"请进！"德罗戈应声说道。

门开了，老裁缝普罗斯多奇莫走了进来，他驼着背，穿着一身奇怪的衣服，想必是以前上士军官的制服。他气喘吁吁地走上前来，用右手食指做了个手势，意思是墙外好像发生了什么事。

"他们来了！他们来了！"他低声叫道，仿佛这是一个天大的秘密。

"谁来了？"德罗戈看到裁缝如此激动，惊讶地问道，但心里却想着："糟糕了，这个家伙又要开始喋喋不休了，至少要持续一个小时。"

"从那条路上来的，天哪，他们是从北边的那条路上来的！所有人都去平台上看他们了。"

"从北边的那条路上？有部队过来了？"

"大批的部队，大批的部队！"这位老人攥紧了拳头，失控地喊道，"这次不会错了，总参谋部来信了，通知说他们要给我们派增援部队过来！要打仗了，要打仗了！"他大喊着，但不知道他是不是有点儿害怕。

"已经能看到他们了吗？"德罗戈问道，"没有望远镜也能看到他们了吗？"（他从床上坐了起来，内心感到强烈地不安）。

"天哪，早就能看到他们了！都能看见大炮了，他们已经数清楚了，足足有十八门大炮！"

"他们多久以后能发动进攻？还需要多长时间？"

"啊，有了这条路，他们一定会很快的，我觉得他们两天内就能抵达，最多两天！"

"这该死的床，我被病魔困在这里了。"德罗戈自言自语道。他甚至没有怀疑普罗斯多奇莫是否在说谎，突然间他觉得一切都是真的，他甚至觉得，在某种程度上，空气都不知不觉地变了，连阳光都变了。

"普罗斯多奇莫！"他一边急喘着，一边说道，"去把我的勤务兵卢卡叫过来。不用按铃，他现在一定在下面司令部里等着其他人给他送文件，赶快去，请快点儿！"

"快，快点儿，少校先生，"普罗斯多奇莫一边向外走，一边建议道，"别再想着您的病了，您也赶快到城墙上看看吧！"他随即走了出去，但忘记了关上门，因此可以听到他在走廊中的脚步声。再之后，这里又恢复了一片寂静。

"上帝啊，让我好起来吧，我求求你了，至少让我好上那么六七天。"德罗戈低声祈祷着，无法控制自己的激动情绪。他不惜一切代价想要立刻站起来，立刻到城墙上去，让西梅奥尼看到，他没有缺席，他还在他的指挥岗位上，可以照常履行职责，就像没有生病一样。

砰！走廊上一阵风吹过，把门重重地关上了。一片寂静中，传来了响亮又刺耳的回音，就像是对德罗戈这番祈祷的回应。卢卡怎么还不来，就爬这么两段楼梯，那个笨蛋要花多长时间？

德罗戈没有等到他来，就下了床，突然一阵眩晕袭来，随后又慢慢地消散了。他站在镜子前，惊恐地看着自己蜡黄憔悴的面容。德罗戈试图说服自己，一定是因为没刮胡子才变成这样的。他穿着睡衣，颤颤巍巍地在房间里走来走去，寻找着剃须刀。卢卡为什么还没来？

砰！一声巨响，门又被风吹开了。"真是见鬼了！"德罗戈一边说着，一边前去关门。这时，他听到勤务兵的脚步声越来越近了。

德罗戈少校刮好了胡子，穿戴整齐——但他感觉自己这身军装变得宽松了，身体在里面摇摇晃晃的——迈出房间，沿着走廊走了出去，这条走廊似乎比平时要长得多。卢卡站在他身旁稍稍靠后一点的位置，随时准备搀扶他，因为他刚刚看到了这位军官站起来有多么吃力。头晕的感觉又一阵阵涌了上来，德罗戈只得不时地停下来，靠在墙上歇息片刻。他想："我太激动了，这不过是因为激动罢了。总的来说，我已经感觉好多了。"

头晕的感觉退去后，德罗戈来到了城堡顶部的平台上，几名军官正在用望远镜观察着山间空出来的那片可见的三角形平原。德罗戈被灿烂的阳光晃花了眼，他已经不再习惯这样的阳光了，他迷迷糊糊地回应着在场军官们的问候。在他看来，下属们问候他的态度很随意，好像他不再是他们的直接上级了，也不再是他们日常生活中某种意义上的主宰者了，难道他们认为他已经卸任了？又或许他的这种感觉只是在恶意地揣测别人的心思。

这种邪恶的想法只持续了片刻，随后更大的忧虑涌入脑海：关于战争的想法。德罗戈先是看到新棱堡顶端升起了淡淡的烟雾，也就是说，哨岗已重新部署，并采取了特殊措施。原来司令部早已开始行动，但没有任何人向他这位第二号人物请示此事，他们甚至都没有告知他。如果不是普罗斯多奇莫主动去叫他，德罗戈可能还躺在床上，对出现的威胁一无所知。

一阵灼热的、强烈的怒火油然而生，这让他眼前发黑，不得不靠在城墙的护栏上，他极力地控制自己，不想让其他人看出他现在的状态有多么糟糕。在这些并不友好的人群中，他感到非常孤独。虽然有几个年轻的军官，比如莫罗中尉，都很喜欢他，但下属的支持对他来说又有什么意义呢？这时，他听到了一声"立正"的口令。西梅奥尼中校迈着急匆匆的脚步，满脸通红地走了过来。

"我找你找了半个小时了，"他对着德罗戈大喊道，"我简直不知道该怎么办了！必须要做决定了！"

他态度极为热诚地走了过来，皱着眉头，似乎焦急万分，急于得到德罗戈的建议。德罗戈感到自己无能为力，怒火一下子就熄灭了，尽管他清楚地知道西梅奥尼其实是在蒙骗他。西梅奥尼一直以为德罗戈躺在床上无法动弹了，早已不再关心他了，便独自做了决定，最多只是想在一切都结束之后再告诉他，但后来听说德罗戈正在城堡里走动，便跑来寻他，急于证明自己的诚意。

"我这里有来自斯塔齐将军的消息。"西梅奥尼直接说道，以防德罗戈有任何疑问，然后为了不让其他人听到，便把他拉到了一边，"说是会派两个团到这里来，你知道了吗？我应该把他们安置在哪里呢？"

"两个团过来增援？"德罗戈吃惊地问道。西梅奥尼把信递给了他。将军宣布，为了安全起见，以防敌人有可能会进行挑衅，现已派出隶属于第十七步兵师的两个团，外加第二批兵力，即一个轻型炮兵队，前来增援城堡的驻军部队。另外，如果可能的话，还将尽快恢复之前的人员编制，也就是说，会恢复满员兵力，并为军士们准备营房。当然，其中一部分人需要在野外安营扎寨。

"同时，我已经派出了一个排前往新棱堡，我做得很好，不是吗？"西梅奥尼继续说道，没有给德罗戈回答的时间，"你刚刚看到他们了吗？"

"是的，是的，你做得很好。"德罗戈吃力地回答道。西梅奥尼的话传入他的耳朵里，声音断断续续的，听起来不太真实，周围的事物也摇晃了起来。德罗戈感觉身体很难受，一阵极度的疲惫感突然袭来，他所有的意志都集中在了一起，努力让自己站稳。"上帝啊，我的上帝啊，"他在心里恳求道，"请您帮帮我吧！"

为了掩饰自己的虚脱，他让人递给自己一个望远镜（就是过去西梅奥尼中尉用的那个著名的望远镜），然后他把两个手肘抵在护栏上向北眺望，这能够帮助他保持站立。哦，要是敌人能再等一等就好了，只要再等一个星期，他就能恢复过来，他们已经等了这么多年，难道就不能再多等几天，就几天而已吗？

他透过望远镜看着那片可见的三角形地带，希望自己不要发现任何东西，希望道路上空无一人，希望那里毫无生命迹象。德罗戈在等待敌人进攻的期待中消磨了一生，如今，这就是他的全部希望。

他希望自己什么也看不到，然而，一条黑带却斜着穿过了白茫茫的荒原，这条黑带正在慢慢移动，密密麻麻的人和车马组成的队伍正向着城堡前进。不像当初勘定边界时，只来了少数士兵，这一次，北方的大部队终于来了，不知道他们……

就在这时，德罗戈看到望远镜内的图像开始飞速旋转，而且图像越来越模糊，最终他的眼前一片漆黑。他晕了过去，像个木偶一样倒在了护栏上。西梅奥尼及时扶住了他，托起他毫无生气的身体，隔着衣服，他感受到了德罗戈枯瘦的骨架。

第
二
十
八
章

　　德罗戈少校在床上躺了一天一夜，蓄水池有节奏的噪音时不时地传来，除此之外，再无其他声音，尽管整座城堡每一分钟都愈发地躁动不安。但德罗戈现在与世隔绝，他只能躺在床上倾听着自己身体的声音，判断丧失的体力是否正在开始恢复。罗维纳医生告诉他说，这不过就是几天的事，但到底需要几天呢？是否在敌人到来时，他至少能站起来，穿好衣服，强撑着爬上城堡的顶层呢？他时不时地会走下床，每当他感觉似乎好了一点儿的时候，他就不倚靠任何物体走到镜子前，但看到的却是自己黯淡无光的脸，面如土色，日渐憔悴，这样子浇熄了他新生的希望。很快，他就会再次感到头晕目眩，便只能跟跟跄跄地回到床上，咒骂着这位根本无法治愈自己的医生。

此刻，地板上的光带扩大了一圈，应该至少是十一点了，庭院里传来不寻常的声音，德罗戈一动不动地躺在床上，眼睛盯着天花板。这时，城堡司令官西梅奥尼中校走进了他的房间。

"你怎么样？"西梅奥尼急切地问道，"感觉好一些了吗？但你脸色很憔悴，知道吗？"

"我知道，"德罗戈冷冷地回答道，"那些北方的人又向前靠近了吗？"

"不只是靠近了，"西梅奥尼说道，"他们的大炮已经到达了台地最高处，现在他们正在部署……另外，如果我没有早点儿来你这里，你必须要原谅我……如今这里已经成了地狱。今天下午第一批增援部队就要抵达了，我现在只有五分钟的空闲时间……"

"我希望自己明天就能站起来，这样我就能帮你一点儿忙了。"德罗戈说道，并吃惊于自己的声音竟然如此颤抖。

"啊，不，不，你现在别想这些了，就想着快些康复吧。不要以为我已经把你遗忘了，恰恰相反，我得到了一个好消息，今天会有一辆漂亮的车来接你。不管有没有战争，朋友都是第一位的……"西梅奥尼竟敢这样说道。

"来接我的车？为什么要接我？"

"是的，就是来接你的。你不会一直想要待在这个糟糕的房间里的，你回城里会得到更好的治疗，一个月之内就能康复的。不要再为这里的事烦忧了，现在最艰苦的时刻已经都过去了。"

巨大的怒火顿时涌到了德罗戈的胸口。他放弃了一生中最美好的事物，只为等待着敌人的到来，三十多年以来，他一直靠着这个信念在支撑着自己，可如今战争终于来临了，他们却要赶他走？

"你至少应该先问问我，"德罗戈用愤怒的声音回答道，"我不离开，我想留在这儿，我的病没你想得那么严重，我明天就可以下床……"

"请你不要激动，我们不会做什么的，如果你情绪激动的话，身体状况只会更糟糕。"西梅奥尼故作理解地笑着说道，"只不过我觉得这样安排会更好，连罗维纳也这么说……"

"罗维纳说什么？是罗维纳让你安排车过来的？"

"不，不是。车的事，我没有和罗维纳商量过，但他说你最好换换环境。"

这个时候，德罗戈想要把西梅奥尼当作真心朋友一样，敞开心扉地和他说说话，就像他对奥尔蒂斯那样，说到底，西梅奥尼毕竟也是一个男人。

"你听我说，西梅奥尼。"他试着改变说话的语气，"你知道的，在城堡这里……所有人都是因为抱有这个希望才留下的……这很难说出口，但你心知肚明。"（他自己也解释不清：怎么才能让这样一个人理解这些事呢？）"如果不是为了这个可能性……"

"我不理解。"西梅奥尼明显不耐烦地回应道。（他想，德罗戈也变得这么可悲了吗？疾病竟让他变得如此软弱了？）

"但你必须明白，"德罗戈继续说道，"我在这里已经等了三十多年了……我为此放弃了很多机会。三十年这么漫长，我完全就是在等待着这些敌人的到来。你现在不能强迫……你现在不能强迫我离开，你不能强迫我的，我有权留下来，我觉得……"

"好了，"西梅奥尼火冒三丈，"我还以为我这是在帮你，但你却如此回应我。真是一点儿都不值得，我专门派了两个护送官给你，还特意推迟了一队士兵的出发时间，为的就是给你这辆车让路。"

"可是，我却还什么都没对你说。"德罗戈说道，"我很感激你，你做得很好，我理解的。"（他想，唉，真痛苦，居然还要讨好这个卑鄙小人。）然后他又不加考虑地补充道："但那辆车可以先停在这里，以我现在的身体条件，也没办法赶那么远的路。"

"刚才你还说明天就能下床，现在又说连车都坐不了，不好意思，你连自己想要什么都搞不清楚……"

德罗戈极力想要纠正他的话："哦，不，这完全不同，赶那么远的路是一回事，走到巡逻路线上又是另一回事，如果我觉得虚弱，我甚至可以带一张凳子坐在那里。"（他本想说的是"椅子"，但听起来似乎很可笑。）"在那里我可以监督后勤，至少我可以看着。"

"留下来吧，那就留下来吧！"西梅奥尼像是想要结束这段对话，"但我不知道该让新来的军官睡在哪里，我总不能让他们睡在走廊里，也不能让他们睡在地下室里吧！这个房间里应该可以放下三张床……"

德罗戈冷冷地看着他。西梅奥尼竟然做到了这个地步？他想把德罗戈打发走，就是为了空出一个房间来？就只是为了这个？根本不是出于关心和友情，他从一开始就应该意识到这一点，德罗戈想，他不应该对这样一个无赖有所期待。

看到德罗戈一言不发，西梅奥尼更起劲了，便继续说道："放下三张床完全没有问题。沿着这面墙放两张，第三张就放到那个墙角。看到没有？德罗戈，如果你听我的安排，"他毫无顾忌地说着，"如果你完全听我的安排，就能让我的工作方便不少。请原谅我这么说，但我觉得以你现在的状况，留在这里什么有用的事情都做不了。"

"好了，"德罗戈打断了他，"我明白了，不要再说了，请吧，我的头很痛。"

"请原谅，"对方说道，"如果我坚持的话，请原谅，我只是想马上解决这件事。现在车已经在路上了，罗维纳也赞成你离开，这样就可以空出一个房间，你也会好得更快一些，况且如果我让你这个病人一直留在这里，万一以后发生什么不幸，我还要承担相当大的责任。我和你讲实话吧，你这样是强迫我承担了相当大的责任。"

"你听我说，"德罗戈明白这样的挣扎是多么荒唐，他望着那条爬上木墙的歪歪扭扭伸展开来的光带，"请原谅我拒绝你，我还是更想留下来。你不会有任何麻烦的，我保证，如果需要的话，我可以给你写一份书面声明。请回吧，西梅奥尼，让我一个人静一静，也许我时日无多了，就让我留在这里吧，我已经在这个房间里睡了三十多年了……"

对方沉默了一会儿，轻蔑地盯着他这位生病的同事，脸上露出了坏笑。然后，他改变了语气问道："如果我是以上级的身份要求你呢？如果我是在命令你呢，你能说什么呢？"说到这里，他停顿了一下，想看看对方的反应。

"这一次，亲爱的德罗戈，你并未表现出你一贯的军人气概，我很抱歉要告诉你这些，但最后，你还是得离开，不知道会有多少人要接替你的位置。我也承认你抱有遗憾，但人这一辈子不可能什么都拥有。现在我让你的勤务兵为你收拾一下东西，两点钟的时候，车应该就到了。那么，我们晚些时候再见……"

说罢，他便匆匆离开了，故意让德罗戈没有时间再提反对意见。他仓促地关上房门，沿着走廊快步离去，就像一个因完全掌控了局面而深感满足的人。

周围一片死寂。扑通！墙后面又传来了蓄水池漏水的噪音。后来，房间里只剩下德罗戈的急喘，那声音颇似抽泣。而外面，阳光明媚，连石头都被晒得开始发烫，远近之处都能听到陡壁上传来的水流声。敌人正在城堡前的台地上集结，大批人马和车辆还在从荒原里的那条路上不断赶来。城堡的防护坡上，一切已经准备就绪，弹药齐备，士兵部署得当，武器也检查完毕。所有人的目光都投向了北方，尽管前方有山脉遮挡，什么都看不到（因为只有站在新棱堡才能看清一切）。就像当年那些北方的人来这里勘定边界时一样，大家提心吊胆，喘息之间既有恐惧，也有兴奋。总之，没有一个人还有时间想着德罗戈，他正在卢卡的帮助下穿戴整齐，准备离开。

第
二
十
九
章

这辆车的确是一辆非常气派的车，走在乡间小路上甚至会显得有些浮夸。若不是车窗上印有一个军徽的话，它看起来很像是某个富翁的马车。车头的位置坐着两个士兵，一个是车夫，另一个是德罗戈的勤务兵。

第一批增援部队即将抵达，城堡里一片骚动，并没有人注意到一位面容憔悴、脸色蜡黄的枯瘦军官，他缓缓走下楼梯，来到门口，然后走向了停在外面的那辆车。

荒原沐浴在阳光下，此时可以看到大队的士兵、马匹和骡子从山谷中走来，正在向前行进着。士兵们虽因急行军而疲惫不堪，但他们越接近城堡，步伐就越快。队伍前方的乐手甚至已经将乐器上的灰色布套取了下来，像是要开始演奏了。

虽也有人向德罗戈告别，但寥寥无几，早已不似从前那样热情。这样看来，每个人都知道他要离开了，他在城堡的等级序列中已地位全无。莫罗中尉和其他几个人来同他道别，祝他一路顺利，但言语都非常简短，不过是出于年轻人对前辈的平淡情感罢了。其中一个人告诉德罗戈，司令官西梅奥尼让他先等一等，他当下事务缠身，希望德罗戈少校先耐心地等上几分钟，司令官之后一定会过来的。

然而，德罗戈一坐上马车，就立即下令出发了。他放下车窗，好让自己呼吸得更顺畅一些，他的腿上盖着两三条深色的毯子，放在上面的军刀明光锃亮。

车子摇摇晃晃地走在碎石路上，向着最终目的地行进了，德罗戈的人生之路就这样走到了尽头。他侧身坐在座位上，头随着车轮的颠簸而晃动着，同时凝视着颜色苍黄、越来越矮的城墙。

在那里，他过着与世隔绝的生活。为了等待敌人的到来，他煎熬了三十多年，可如今，那些入侵者来了，他们却把他赶走了。而他的同伴们，那些过去在城里轻松愉快地生活着的人们，此时却在谷口等待着，带着高高在上者那充满蔑视的微笑，来掠夺这一份荣耀。

德罗戈此前从未这样望着苍黄的城墙，以及兵营和火药库的轮廓。苦涩的泪水顺着他布满皱纹的脸缓缓滚落，一切就这样悲惨地结束了，再没有什么可说的了。

德罗戈现在一无所有，真的一无所有了，他在这个世界上孑然一身，还要忍受病痛，那些人把他当作麻风病人一样赶了出去。真可恶，他们真可恶，他默念着，但后来，他想，还是算了吧，不要再想任何事了，否则难以忍受的怒火就会涌上心头。此时，太阳已经落山，虽然前面还有很长的路要走，但车头的两个士兵却在不紧不慢地聊着天，对是走是停漠不关心。他们向来随遇而安，不会因为一些荒谬的想法而苦恼。这辆车构造精良，的确是为了病人而造，即使经过地上的坑坑洼洼，也会像精妙的天平一样保持平稳。城堡在整片视野中变得越来越小，越来越扁平，尽管它的城墙在这个春日下午依然闪耀着奇异的光芒。

车子已经驶到了平原的边缘地带，前方的道路开始向山谷中延伸。德罗戈想，这很可能就是最后一眼了。他自言自语道："永别了，城堡。"但是，他此刻有些呆滞，甚至没有勇气让他们把车停下来，再多看一眼这座古老的城堡。几百年后的今天，它才将要有用武之地。

有那么一瞬间，德罗戈的眼中还能依稀看到那苍黄的城墙、歪斜的城垛、神秘的堡垒，以及边界处乌黑的侧崖。他似乎还看到——但这也只是转瞬之间——城墙突然闪烁着光芒，向空中升起。随后，所有的视线都被长满野草的峭壁残忍地挡住了，前方的道路正从峭壁间穿过。

将近五点的时候，他们抵达了一家小旅馆。从这里开始，道路将沿着峡谷的一侧延伸出去。山峰在高处交错耸立着，上面满是野草和红土，如同海市蜃楼一般。这片山脉如此荒凉，也许从未有人到过这里。而在山下，则是奔流不息的激流。

他们的车子停在了这家旅馆前的小广场上，一个营的火枪手刚好路过，德罗戈看着他们从身边走过，这些年轻人因疲劳而面色通红，脸上流着汗水，而且也都在惊奇地盯着他。只有军官们在向他问好。他听到渐行渐远的人群中有一个声音说道："你只管舒服去吧，老家伙！"然而，并没有任何笑声传来。当这些人要去打仗的时候，他却怯懦地下山来到了这片平原上。那些士兵可能会想，他真是个可笑的军官，除非他们从德罗戈的脸色上看出，他其实即将走向死亡。

他无法摆脱那种迷迷糊糊、昏昏沉沉的感觉，就像是在雾中一样。也许是由于行车时的摇晃，也许是由于有病在身，也许仅仅是因为苦于预感到生命将尽。现在什么事情都不重要了，完全不重要了。一想到要回到自己的城市，迈着蹒跚的步子在空荡荡的老屋里徘徊，或者将要躺在床上度过数月的无聊和孤独，他就感到害怕。他并不急着回家。于是，他决定在这间小旅馆里过夜。

他一直等到了这批大部队全部走过，等到士兵们的脚步扬起的尘土回落到地上，车马的隆隆声响被激流的声音所掩盖之后，他才扶着卢卡的肩膀，慢慢走下了车。

门槛上正坐着一个女人，在专心致志地做着袜子，她的脚边，一个土里土气的摇篮里正睡着一个孩子。德罗戈怔怔地看着那个酣睡的男孩，他这样的睡眠与成年人的睡眠大不相同，是那么的细腻而安稳。这个孩子现在还没有那些纷繁的幻想，他小小的灵魂正在纯洁宁谧的空气中无忧无虑地航行着，没有欲望，也没有悔恨。德罗戈静静地站着，凝视着这个熟睡的孩子，一阵强烈的悲伤涌上心头。他试着想象自己沉浸在睡梦中的样子，那是他自己也从未见过的一个异样的德罗戈。瘦骨嶙峋的他睡相凶恶，不停地急喘着，嘴巴半张着咧开，无法合拢。可是，他曾经也像这个孩子一样天真无邪地睡着，也许也有一位生病的老军官曾驻足，苦涩又惊异地看着他。"可怜的德罗戈。"

他自言自语道。他明白自己这样是多么的软弱，但毕竟，他在这个世界上已是孤身一人了，除了他自己，再没有人爱着他。

第三十章

德罗戈坐在了房间里的一把大扶手椅上。这是一个美好的傍晚，芬芳的空气从窗外飘了进来。德罗戈虚弱地看着越来越蓝的天空，紫红色的山谷和山脊依然沐浴在阳光中。城堡已经远在天边了，连它周边的山峰也看不见了。

即使对于命运平平的普通人来说，这也一定是个幸福的夜晚。德罗戈想起了暮色中的城市、对于新的季节要来临的甜蜜焦虑、河边林荫道上的年轻情侣，也想起了从打开的窗户中传来的钢琴声，以及从远处传来的火车汽笛声。他想象着在北方荒原上驻扎的敌人正燃烧着火堆，城堡上在风中摇曳的灯笼，他也想象着战斗前的那个不眠之夜。每个人都有这样或那样的理由心生希望，哪怕是很小的理由，每个人都是如此，只有他一个人例外。

楼下的大厅中，有一个人唱起了歌，然后是两个人合唱了起来，他们唱的是一首情歌。愈发幽蓝的天空中，有三四颗星星正闪烁着光芒。勤务兵下楼喝酒去了，德罗戈便独自一人坐在房间之中。在房间的角落里，以及各式家具下面，好像有一些可怕的阴影正在聚集。这一刻，他似乎再也忍不住了（毕竟没有人能看到他，世界上也没有人会知道），德罗戈少校一时间觉得自己灵魂深处的沉重负担快要把他压垮了。

就在这时，他的内心深处浮现出了一个清晰而可怕的想法：死亡。

在他看来，时间的流逝似乎停止了，就像被施了魔法一样。最近一段时间，头晕变得越来越强烈，然后，这种感觉会突然消失，世界好像凝滞在了一片淡漠之中，时钟只是徒劳地转动着。德罗戈的路走到尽头了，他现在身处一片灰蒙蒙的大海边，岸上一片孤寂，周围没有房屋，没有树，也没有人，这一切从最初开始就是如此。

他感觉一个逐渐变成圆形的黑影从遥远的天边而来，在向他靠近，也许只需要几个小时，也可能需要几个星期或几个月。但到了面对死亡的时候，即使还有几个月或几个星期的时间，却也还是少得可怜。就这样，他的生命变成了一个笑话，为了那份被当作赌注的荣耀，他失去了一切。

此时，外面的天空已经变成了深蓝色，但在西边山脉紫红色的轮廓之上，还残存着一丝光亮。房间里一片漆黑，只能分辨出那些家具骇人的轮廓、雪白的床铺和德罗戈闪亮的军刀。他心里明白，自己连那边也无法走过去了。

就这样，德罗戈被笼罩在了黑暗之中，而甜美的歌声伴着吉他的乐音还在继续，这时，他的内心中产生了一种极为强烈的渴望。他在这个世界上孤身一人，病魔缠身，还被城堡里的人视作胡搅蛮缠的累赘，他被所有人甩在身后，胆小懦弱，但他敢于畅想，一切或许还没有结束，也许他的大好机会还会来临，这将是能够偿还他这一生的最终一战。

最后的敌人正朝着德罗戈走来，这些敌人不是与他相似的人，不是像他一样被欲望和痛苦折磨的人，不是有血有肉可以被伤害的人，也不是能被人看清面容的人，而是一个无恶不作且无比凶险的存在。然而，自己却不可能再站在城墙顶上战斗了，也不可能在蔚蓝的春日晴空下，在振奋人心的咆哮声和呐喊声中战斗了。朋友们的目光也许能让他的心灵复苏，但他们此刻却并不在他身边，周围没有火药的刺鼻气味，也没有枪声，更没有荣耀加身的希望。他所拥有的一切全都在这个不知名的小旅馆的房间里，在烛光下，在最赤裸裸的孤独中。因此，也不必再为了在某个晴朗的清晨，迎着年轻姑娘们的微笑，戴着鲜花桂冠凯旋而战斗了，毕竟没有人会望着他，也没有人会为他喝彩。

哦，这是一场比他曾经所希望的还要艰难得多的战斗，是即使老战士也不愿意尝试的那种战斗。以年轻健康的身体状态奋勇征战，在胜利的号角声中于野外牺牲，这可能是更为美好的结局。但如果是因伤躺在医院的病房里，在忍受长期的痛苦后死去，就略显悲哀了。可更悲哀的情况是躺在家里的病床上，在亲友沉痛的哭声中、昏暗的灯光下和一个个药瓶之间死去。然而，最为痛苦的结局则是死在一个遥远又陌生的村子里，死在一个破旧小旅馆的普通床铺上，在这个世界上没有留下任何一个亲人的情况下默默无闻地离开。

"鼓起勇气，德罗戈，该亮出底牌了，像一名军人一样迎接死亡吧，至少让你这错误的一生得以善终。就这样为你的命运进行最后一搏吧，虽然无人歌颂，无人置你于英雄之列，但这一切都是值得的。你要坚定地从阴影边缘跨出去，像阅兵时一样站得笔直，如果可以，甚至可以面带微笑。在这之后，你的良心不会感到沉重，上帝也将宽恕你。"

德罗戈这样对自己说着，但其实更像是在祈祷，因为他感觉生命的最后一环已经紧紧扼住了他。从往事的苦井中，从破碎的希望中，从所遭受的恶意中，涌现出了一股他未敢奢望的力量。德罗戈的喜悦溢于言表，他突然意识到，自己已经完全平静了下来，甚至急于重新开始迎接这场考验。啊，人的一生真的不能奢望什么都拥有吗？

如若真的是这样，那西梅奥尼呢？德罗戈现在就要让你看看。鼓起勇气吧，德罗戈，他鼓足了劲儿支撑住自己，想捉弄一下这个可怕的念头，于是使出浑身解数，不顾一切地想要振作起来，就好像他将独自去攻打一支军队一样。突然间，之前的恐惧消失了，噩梦也消散了，死亡不再令人不寒而栗，反而成了一件简单的、符合自然规律的事。可怜的德罗戈少校饱受疾病和岁月的磋磨，此刻正奋力冲向一扇黑色的大门，他意识到，门扉已然打开，为他开启了一条通往光明的路。

对他来说，在城堡里奔波的时日、对北方荒原的巡查、他职业生涯中的痛苦以及那些漫长的等待，都无关紧要了。他甚至不需要羡慕安古斯蒂纳了。是的，安古斯蒂纳在暴风雪中死在了山顶上，像他这样离开人世，是极其体面优雅的。可是，如果像德罗戈这样被病魔吞噬，流落异乡，但依然能如同勇士一样死去，才算更有雄心壮志。

唯一遗憾的是，他不得不带着自己这一具破败的躯体离去，如今他瘦骨嶙峋，皮肤惨白而松弛。德罗戈想，安古斯蒂纳离世的时候，身体是完好无损的。尽管已经过去了这么多年，但他的形象依然是一个身材高大、精致优雅的年轻人，他面容贵气，很讨女人喜欢，这是他独有的优势。但谁又知道，跨过那道黑色的大门后，德罗戈就不会变成曾经的样子呢，虽然不够英俊（其实他从来都谈不上英俊），但充满了青春活力。这多么令人开心啊，一想到这里，德罗戈就像个孩子一样自言自语，他感到无比的自由和快乐。

但他又突然想到：如果这一切都是假的呢？如果他的勇气只是一种自我陶醉呢？如果他只是有感于美丽的夕阳、芬芳的空气、病痛的暂缓以及楼下的歌声呢？几分钟后，或者一小时后，他是不是就会变回过去那个软弱的、被击垮了的德罗戈呢？不，不要再想了，德罗戈，现在别再折磨自己了，最艰难的时刻已经过去了。即使病痛折磨着你，即使不再有歌声传来安慰你，即使这个美妙的夜晚弥漫着有腥臭味的雾气，但一切都终将有回报。最艰难的时刻已经过去了，他们再也无法欺骗你了。

房间里漆黑一片，只能吃力地辨认出雪白的床铺，其他的一切都处于黑暗中。很快，月亮就要升起来了。

德罗戈还来得及看到那月亮吗？还是不得不先行离去？房间的门轻轻地发出嘎吱一声的响动，或许只是一阵风吹过，是这躁动春夜里的一阵气息罢了。又或许是死亡迈着无声的脚步走了进来，正向着德罗戈的扶手椅而来。德罗戈打起精神，稍稍挺直身体，用一只手整理了一下军装的领口，又向窗外望了一眼，非常短暂的一眼，只为了最后一次望向那点点星光。然后，在黑暗中，尽管没有人看到，他依然轻轻地笑了。

© 民主与建设出版社，2024

图书在版编目（CIP）数据

鞑靼人沙漠 /（意）迪诺·布扎蒂著；孙雨濛译
. -- 北京：民主与建设出版社，2024.6
ISBN 978-7-5139-4536-3

Ⅰ.①鞑… Ⅱ.①迪… ②孙… Ⅲ.①长篇小说 – 意
大利 – 现代 Ⅳ.① I546.45

中国国家版本馆 CIP 数据核字（2024）第 054610 号

鞑靼人沙漠
DADAREN SHAMO

著　　者	［意］迪诺·布扎蒂
译　　者	孙雨濛
责任编辑	王　倩
策划编辑	李逸飞　崔云彩　陈一萌
封面设计	曾冯璇
出版发行	民主与建设出版社有限责任公司
电　　话	（010）59417747　59419778
社　　址	北京市海淀区西三环中路 10 号望海楼 E 座 7 层
邮　　编	100142
印　　刷	文畅阁印刷有限公司
版　　次	2024 年 6 月第 1 版
印　　次	2024 年 6 月第 1 次印刷
开　　本	850 毫米 ×1168 毫米　1/32
印　　张	9.25
字　　数	150 千字
书　　号	ISBN 978-7-5139-4536-3
定　　价	68.00 元

注：如有印、装质量问题，请与出版社联系。